AF452592

SATYRE

D'UN

CURÉ PICARD,

SUR LES

VÉRITÉS

DU TEMPS.

SATYRE

D'UN
CURÉ PICARD,

SUR LES
VÉRITÉS
DU TEMPS,

*Par le Reverend Pere ***, Jesuite.*

A AVIGNON,

Chez CLAUDE LECLUME, à l'enseigne
de Mouche ton Pot.

M. DCC. LIV.

ÉPITRE

A MONSEIGNEUR

L'ARCHEVESQUE DE PARIS.

UN Homme à long manteaux & à longs
  cornus,
M'as fais ma foy cessé troter nuit & iour
  vous
De mon Pays à Amiens & d'Amiens à Pa-
  ris,
Non pour être Suisse, mais pour bâtir un
  Ecrit :
J'ay mandé acb l'Homme-là, qu'étoit un
  bon ...
Pourquoy voulez-vous donc que je m'enrichisse
  si vite,
Baillez-moi du moins le temps de prendre chez
  y ne faut,

ÉPISTRE

I n'é ft poen juste qej royche à Paris comme
    en Ceux :
Luy y m'a répondu , ça per bonne ami-
    té ,
Tortez fins batiller , fortes galoper vos pieds,
Quand vous frez arivé délié ach l'Ecrit
    los
Ach l'Homme qui foos tand bruit , con apele
    che Prolet ,
Alez bien vite se vous voulez el l'atraper ,
Car on dit quin fras pas longtans à déquam-
    per ,
Déquamper , clct-à-dire pour aroir un Ca-
    pieux ,
Qu'il a gaingé à forche de feinguer sen
    Troupieme :
Mis j'ay enquoir mandé qment fos-l'on pour
    délier ,
I m'a dit , bien mon Fin , écrit fur du
    papier ,
Mont en Latin , ment en Picar , ou bien en
    Grecne ;
Il tache de faire quequofe d'ingne deh grand
    Archonbesque ;

Prosse

Preſſe ta chervelle, focs-en ſortir de l'élo-
        quence,
Car tun ſeroit rien focre de trop as Nenu-
        nence,
Mis, MONSEINGNEUR, qui ſay poen
        focre de complimens,
Et quin ſay poen ſi vous avez des ſenti-
        mens ;
Jen vœut poen m'expoſer à m'enneler men-
        tir ;
Pour avoir ſeulment le plaiſir de vous focre
        rire :
Je ſay bien que vous autres Gens Crochés &
        Mitrés,
Vous êtes comme des Satans, qu'oir pire que
        ches Curés,
Chet-à-dire, que quand l'en vous dit con a
        menti,
Vous nous cachés dix lieu driere che Para-
        dis,
Ou ſi vous ne voulés poen nous m[e]te[r] par
        driere,
Vous nous focres aller pour mille ans de04
        Purgatoire,

ÉPISTRE

Pis quand vous tués nos Ames dens vos mê-
    me Purgatoire,

Dieu ſay combien y coutes d'argent pour les
    ſauver :

Men Confrere m'a dit, & ça n'a pas long-
    temps,

Qos écutes obligé de parler à Saton

Quant il étoit quêstion de bailler ſoulage-
    ment

A ene Ame qos avoite lourée den ches tour-
    mens,

Et que même ça coutoit des femes conſidéra-
    bles :

Je n'en doute poen, car je crois que Meſſieus
    les Diables

Sont exaſtment comme vous pour agriper ches
    biens,

Et font des Gens quia font jamois rien pour
    rien :

Mes qui n'ay poen moyen, comme je crois
    avoir dit,

De faire agurter de ma vie vos Paradis.

Sa fras bien enquoir pire ma foy quand je
    fray mort,

Quarquen

Quauquens diroit arb l'Homme li a ben un
    grand tort
D'avoir exposé / Name pour une écrain,
En mentant pour ceux quis lavent poen
    merité ;
Jas parle poen, MONSEIGNEUR, ... vous
    en disant cha ,
Car je say que vous êtes une nichée de Pro-
    tes ;
Noumos qui fou aler notre Religion à diex ,
Noumos dentes dont qu'il fau aer à m es ,
Vous voyez bien vous-mesme que jea mettf-
    ray poen
A chercher en gaïu que vous ne connoissez
    poen :
Et quand che boen Jésuite froit la à me
    prier ,
Je lui dirois tout net , ma foy faire voit
    métier .
Jusst que personne ne peut forcher ma con-
    fience ,
Et je ne veut poen me danner par compl-
    fence :
Bien voutez-vous am plache , MONSEIR-
    GNER,

GNEUR, vous-même,
Car ma foy, sans jurer, je peu dire quej
    vous aime ;
Mentiroites-vous pour foire du plaisir à ches
    Gens,
Ou bien mentiroites-vous sans avoir de ler-
    gent ;
Non, car pour foere mentir en Homme de
    vote étoffe,
Foudroit ly bailler de l'or gros comme Saint
    Critoffe ;
Et je crois qu'il foudroit qu'on vous fasse ene
    atrape,
Ou qu'un Diable rusé fasse de vous un boen
    Pape,
Mais c'est asse parlé de Diables & de Dé-
    mons,
I faut que j'aille coucher aujourd'huy à
    Bomons,
Je me sent malade, y faut que je cour vit-
    ment
Den en pays où l'on vend poent ches Sacre-
    mens,
Si bien quoy foere ichy, je n'ay plus rien à
    dire,
                            Tout

Tous les Diablcs forbentes là quin me froites
        poen mentir ;
Je me contente dont de fonhaité qo vneche
        Homme faze,
Et que nos Diu vos baille la paix dens vot
        menage,
Et etout comme vous vnez ded illufle fa-
        mille,
Et que vous ètes le Pere de ches Femmes,
        de ches Filles,
Je vous fouhoite engoir une grande profpe-
        rité,
Je nen fouhoite tout autant à vots pofte-
        rité ;
Enfin pour finir, je fuis, fans impertinence,
Le très-humbe Serviteur de vote grande Emi-
        nence.

 AVER-

AVERTISSEMENT.

A Sa parlons daute quofe , car y faut qu'en Auteur
Pour vende f Nouvrage fafle un Avis ach
    Lecteur ;
Bien mon Ouvrage eft un Sermon pour
    tous ches Gens ,
Que caquens peut aouir fans qui coute de
    lergens.

 Explication

Explication des mots les plus difficiles à entendre, parmi Français.

A

Acate,	*achete,*
Ach,	*aux,*
Al os,	*elle a,*
Aouir,	*entendre,*
Aringe,	*arrange,*

B

Bay,	*regarde,*
Bayez,	*regardez,*
Bayros,	*regarderas,*
Boenne,	*bonne,*
Boucque,	*bouche,*
Braire,	*pleurer,*
Bray,	*pleure,*
Bros,	*bras,*

C

Cacher,	*chasser,*
Cachroit,	*chasserons,*
Cange,	*change,*
Chouqchet,	*ce que c'est,*
Chos,	*ça,*
Chy,	*ci,*
Chacque,	*jette,*
Cos,	*Chats,*
Coyons,	*lâches,*

D

D

Dem,	*dans ma,*
Dene,	*d'une,*
Dons,	*dans,*
Derotré,	*Courour,*
Deffe,	*deça,*

E

Eq,	*que,*
Ed,	*de,*
Eddens,	*dedans,*
Edpis,	*depuis,*
Ej,	*je,*
Ejoug,	*est-ce que,*
Ejous,	*est-ce,*
El,	*le,*
Emichons,	*colimaçons,*
Eneder,	*un peux,*
En,	*un,*
Enchoite,	*embarassé,*
Ene,	*une,*
Ennuis,	*aujourd'hui,*
Erquoir,	*encore,*
Treuté,	*effrayé,*
Epier,	*peser,*
Es,	*ce,*

F

Fiequer,	*mettre,*
Fiu,	*fils,*
Foiche,	*façon,*
Fue,	*feux,*

G

Gambe ,	jambe ,
Glene ,	prale ,
Gnos ,	n'y a ,
Goilleux ,	Coilon ,
Gaiveux ,	cheveux ,
Guevos ,	chevaux ,

I

Imos ,	il m'a ,
Y nos ,	il y a ,

L

Lene ,	l'une ,
Leux ,	loup ,
Leux aroux ,	loupgaroux ,
Ly ,	lui ,
Los ,	là ,

M

Marechox ,	Maréchal ,
Maronne ,	culote ,
Mecquene ,	Servante ,
Mis ,	mai ,
Molet ,	peu ,
Molet à molet ,	peu a peu ,
Mos ,	mal ,
Mouques ,	mouches ,

N

Nan ,	non ,
Nempus ,	non plus ,
Nos ,	n'y a ,

O

Oyre ,	guere ,

Quande

Ouarde,	garde,
Ouarder,	garder,

P

Pissons,	poissons,
Porcheux,	cochon,
Pronnes,	prunes,
Ptiot,	petit,
Ptiote,	petite,
Puchonchens,	puissions,

Q

Quarque,	charge,
Quecq,	quelque,
Quer,	tomber,
Quien,	chien,
Quim,	qu'il me,

R

Racque,	crache,
Roux,	roue,

S

Seur,	sur,
Sen,	son,
Sus,	suis,

T

Té,	telle,
Ty,	tel,
Tos,	ta,

V

Vir,	voir,
Vius,	vieux,
Vlos,	voila.

SERMON

SERMON

SUR LES

VÉRITÉS DU TEMPS.

VOs vlos chy raffanés comme en hots
    de pouldaines,
Pour maouir fermonner ches paroles divaines,
Etous je menvos vos prequers denc boene
    maingner,
Et m'etendre de men long edfur enc belle
    maquer,
J'ay quoyfie pour echlos chelle journée ichy,
Je vos anonche ecq chet ech St. Éphifanie,
Chet en jour comme ennuis feq trois Grands
    font vnus,
Den poyis bien loen pour vir ech ptiot Jefus,
Diu avoit envoyié f'Nefprit pour leus dires
Ech fen Fiu étois née qui viennent vite el virs,
Y leus os quoir dis qui navent quà galopers
Quene Etoile les merois fans les foires ef-
    clopers,

A   Ifle

Iſſe ſons boutés en qmins & toujours en tro-
    tans
Y ſons arrivés los ſans bouters aires de temps ,
Y furent ebais quand iſſe vires los tous trois ,
De trouver ech ptiot Diu entre quatre parois ,
Y croyens el trouver dens quecques bieux
    grands quatieux
Denl mitant den boen lit aveus des bieux
    Monſieus ,
Mais nan navoit aveu ly quen boen viu grand
    pere ,
Quetoit marié edpuis peu aveu ſ Mere ,
Y faut quej vos aprenche que ſ Mere etoit
    chele Vierge
A qui os aportez par fois en ptiot cierge ,
Diu el l'avoit quoyſie parmés ches pus boen-
    nes femmes
Pour ly bouters dens panche ech Soveur de
    nos ames ,
J'ay enquoir bien aute quoſes à vos dires apres
    chos ,
Mais pour quej men ſouvienche faut dire *Ave
    Maries* avan propos.

Commencement de l'Hiſtoire de David.

El Vierge los etoit el fille del ptiote fille den
    Roy ,
Quos apeloit Davis denl temps dch l'anciene
    Loy ,
Davis etoit ech ptiot quos tuée d'en coup d
    cailleux ,   En

[3]
En grand diable de geant qu'os apeloit Goil-
leux ,
Ly ech Goilleux etoit en Chef de Garnimens
Qui bruloit ches vilages & qu'assomoit ches
gens ,
Diu ele los lechée foire comme chos en bous
de temps ,
Et chos pour punir tous cheux qui etens me-
chans ,
Pis quant il os voulu pardonner leus pechers ,
Ils os tée vir Davis qu'etoit en ptiot Ber-
quer ,
Y ly os dit comme chos Davis quite ten trou-
pieux ,
Pren tes gambes à ten cos cour tous comme en
oysieux ,
Apres , en grand brigand qui tue & pille ech
monde ,
N'oublie poen de bouter en gros quailleux
dent fronde ,
Epis quan tul voyros vnir à ty d'en aire fiere ,
Claque ly ten quau bien for toute enheux de f
maquoir ,
Offitot tul voyros quere à tere comme en
vieux
Qui eroit yeux fur f tete en queu de martieux ,
(1) Ele bon Diu ly dit quoir edvant qued
fcheucher ,
Si tu m'obeis bien tu ne fros jamois Berquer ,

(1) *Promeffes que Dieu fait à David.*

A 2   Car

Car j'ay envie de mettre men St. Esprit dent
     tête,
Et chos pour faire de ty en Roy & en Pro-
     fhete,
Apres chos Diu s'enfuit droit den sen Paradis,
(1) En lechant los Davis tous comme en
     ebaubis ;
Car ine savoit morbiu poen quoy chos vouloit
     dire,
A paine pouvoit-y même croire chouq y vnoit
     d'aouire,
Y disoit den ly Diu dit quim veut foire Pro-
     fhete ;
Jen say ny *a* ni *b*, ny jen sus poen siud Prête,
Aveu chos y mos quor dit & etout promis
Quime froit Roy & dou ocche jous del poyis
     chy,
Non car Saule y est Chef, ly qui los bouté
Y nele cachroit poen pour mis or de s Royau-
     tée,
Je naimroy poen nenpus à estre el cause ds
     perte,
Ny à menger sen pain qu'il os sur s nassiete,
Jen sus poen de ches g[illegible] Diu say com-
     me mis
Quj n'ay jamois aimé d'avoir personnes enmis,
Grace à ly j'ay toujours vecus ale boene fran-
     quete,

(1) *Réflexions que David fait sur les promes-
ses de Dieu.*

Je

[5]

Je continuray tant ecq mes yus frons dem tête ;
Mais je fens ecq tous chos met men fens fan-
          fudfous ,
Et fi Diu ny met f main j'ay peur dvnir fou ,
Stapendant je fay ecq Diu ene men jamois ,
Et qui nos baille toujour bienqueu pu quine
          promet ;
Mais j'ay del paine à croire quen ptiot marmot
          comme mis
Peuche tuer den queud quailleux ech grand
          Geux qui mos dit ,
Faut portant ecq ji el voiche , car morbiu in ri
          poen ,
Et je fay ecq fans coure y nos atrape de loen ,
Y mellos ecqmandé chet à mis d'obeir ;
Car fi je ny vos poen im pouros bien punir ,
Et je fens bien deme panche ecq chos froit bien
          affi ,
Pourquoy etout en poen metre em confianche
          en ly ,
Apres avoir comme los parlée aveus raifons ,
Le vlos qui bay fen qmin du coté ds moifons ,
Et chos pour bien vite dire en adiu à fen pere ,
Epit pour prendre etout chouq il avoit affoire ,
Apres le vlos qui coure tout comme en deraté ,
Sans boire ny fans menger , ny fans meme fa-
          reté ,
Tantiot qu'à la parfin il ativit tout droit
Den deux grandes Ermées où ej Geux los etoit ,
Y vit en tod bendis du cotée main geuche
Quetent aveu Goilleux comme en cu & ene
          cauche ,   A 3   Chot

Chet à dire ecq chetoit en diable de ramaffi
De maois Garnimens quin voulens poen min-
    qly,
Ds neutre main n'avoit deux ou trois ptiotes
    piguis
De gens ecq Diu aimoit quos apeloit des Juis,
Davis les voyans de loen les connue fitos,
Et chos parchqu'il avens comme ly des longs
    partos,
Y tourne bien vite les gambes droit pour aler à
    eux,
Et y ly fut en bfans ene vintaine de chend feux,
(1) Y fenfique den leus Cans difant je fud vos
    Loix,
Et je vien avcu vous pour ervinger nos Roy;
Il eft vray qej fus ptiot, mais jen fus poen en-
    pleutre,
Et j'ay du cœur dem panche toute otout com-
    me en autre,
Quoyq chos, grace à Diu je n'ay jamais tée
    mechant,
Mais quant je fus am batre jem pille tout com-
    me en grand,
Bayeme tes quome voyez j'ay ene foes tué en
    Lion
Qui s'etoit avifée dem volés en Moutont,
Et fi y plait à Diu je vos fray vire à tous
Quej turay de ches Geux le pus fort de tretous;

(1) *David arrive dans le Camp des Juifs ; ce*
qu'il leur dit.

Quant

[7]

Quant Davis eux parlé vlos en Juis qui ly dir
Bayez comme nous laheux one fres pus fi hardit,
Offiiot y ly montre Goilleux fur ene hauteur ,
Croyans le faire comme eux quier dens marone
    de peur ;
Mais Davis effe fouvnoit de chouq Diu avoit
    dit ,
Et il etoit feur del claquer bos emparly ,
Sans chos y neroit poen tros yeu envie de rire ,
Et il eroit bayée comme les autres à s'enfuire ;
(1) Car Goilleux avoit en aire fi epouventable
Qu'il eroit epeutée tout le plus hardit Diable ,
Il etoit gro comme le pigeongué dnos Sein-
    gueur ,
Et ds tête à ces pieds n'avoit deux foefm lon-
    geur ,
Il avoit fur f tête en affutieux d'erin ,
Qu'il avoit ach quos dit volée à en Goblin ,
Aveu chos y s'etoit fois foire en partod fere
Qu'il muchoit tous partous or en quin ds ma-
    quoir ;
Os voyés bien achteur comme je vol defigure ,
Qu'il eroit emparly epeutée la nature ,
(2) Etout je peut bien dire ecq tous ches povres
    Juis
Avens fi peure qui bfens ochers leus piffatis ,
Davis avoit bien dire pour les foire raffeurers
Y naouyoitens goute ecq pour vite leus garers

(1) *Defcription comique de Goliat.*
(2) *Frayeur des Juifs voyans Goliat.*

Y

Y s'etens tous loyés comme os loye des romai-
     nes
Dene chingle qui les feroit otour de leus bou-
     tainnes,
Et chos chetoit pour cour comme des guvos
     equapés
En quas quej grand Goilleux vienche pour les
     atrapés;
Comme ils etoites deu tos arnifler dou vnoit
     ch vent,
Davis leus dis, Mfefans, vlos Goilleux qui de-
     chent,
Offitot y galopent effe vont vite refugiers
Alentour de leus Roy tous comme des mou-
     ques à mies;
Quand Davis les eux yeux beyés tretous en-
     fuire,
Y prin fen qmin etout aveu eux pour les fuire,
Ens renfournant den eux il aperchu ces Freres
Qui netens poen denl feutres, mais queques
     moles arieres,
(1) Y fut ben vîte à eux, & quant y fut opres
Y faque f nafulure ds tête pour les faluers;
Apres chos y leus dis japorte los en paingner
Ecq men Pere mos baillé où y nos à men-
     ger,
Je vos le bouter los os n'avez qual ferer,
Epit quant os vourés os pourés vos bourers;

(1) *David va faluer ces Freres; ce qu'il leur
dit; mauvaife réception qu'ils lui font.*

Y nos morbiu eddens de bieux & boens mor-
    fieux ,
Et os poures tretous mengers arbruque mu-
    fieux ,
Y leus pouffis comme chos enquoir queques
    complimens ;
Mais ces Freres tous den qeux le tenchires
    egremens ,
Y ly difirens pourquoy claque-tu ten hod berbis,
Crois-tu qu'on pourons poens fans ty baftre
    ches Bendis ,
Teft en ptiot Marmoufet qui fouroit etriller
Putôt qued t'envoyer comme chos vir batailler ;
Dit nous nos Pere crois-ty ecq tu eft en Oraque ,
Et quel bon Diu veut foire fur & pieux en mi-
    raque ,
Nan fi chet chos gtatens tu peut vîte tenr-
    tourner ,
Car y nos morbiu rien arfoire chy pour ten neds;
(1) Comme ils alens quoir ly enfiler deutres
    ifgures ,
Ils aouirens qui fe bfois dens leus Cans queques
    murmures ,
Y lvires leus yus pour vir qoy ecq chos pou-
    vois eftre ,
Et y fure ebais de vir Goilleux paroître ,
Quoyq chos ils avanchirs aveul fentres pour
    aouirs

(1) *Goliat vient défier le plus fort des Juifs ;*
propofitions qu'il leurs faits.

Chouq

[10]

Chouq cy grand Veurien los avoit envid leus
	dires ;
Mais ils euts leus becque mor aouyans f pa-
	poire ;
Car y leus dis aveu enc voiffe comme en ton-
	noire
Mes gambes mons aportés comme los pres ed
	vos Cans
Pour vos dire qu'on voulons poen oire repan-
	dre de fans,
Os n'avés qu'à quoifir dens vous le pus hardit
Et même le pus hargneux pour f batre contre
	mis,
Si y nen nos en dens chouq os etes affez for
Pour em claquer à tere ou pour em tuer roide
	mor,
Chouq y nos dens nos Cans, Bêtes & Gens
	frons à vous,
Comme sj tuë ech ty qui veros os fres à nous,
Apres chos y leus tourné fen largue dos &
	fenvos
En rdifant j'atendray quarante journdes la-
	bos,
Penffes à chouq j'ay dit, en fuches poen coyons,
Car os verons tretous affomers vos nations ;
(1) Après qui fut envoy, ches Juis toute
	efrayés,
Smirens à dvifer epit à leus bayers ;

(1) *Raifonnemens comique des Juifs après le
départ de Goliat.*

Mais

Mais tous leus resonmens comme je menvos
    vos dires,
N'etens poen boens ny à boulir ni à rotires,
Car en dit quant Goilleux frois chy le diable à
    quatre,
Je niroy morbiu poen contre ly pour em batre,
Chos cheq je say quin froit de mis quen ptiot
    morsieux,
Et quim croqroit tous comme en Cos croque
    en Oysieux,
En deusieme dit pour mis j'en sus poen fort
    assés
Et jen veut poen nenpu maler foire equor-
    cher;
En troisieme à sen tour dit jen sus poen si
    sot,
Je trouve etout quem pieux est bien sous men
    partos,
'Après chos queques dousaines, après chos que-
    ques chentaines,
Disirens qui niroites poens omoins qu'on les y
    traines,
Pir el reste ensanne s mirent à crier fort
Quin voulens poens personnes bailler amguer
    al mor;
Enfin navoit trente jours ecq Goilleux aten-
    doit,
Qu'on savoit poen quoire si gueroit quequens
    quiroit,
Os nel croyoit poen même, car cheux quetens
    pus fiers

S'etens

S'etens muchés tretous & enfuis en ariers,
(1) Tous chos boutoit leus Roy den ene si
    grande colere,
Quis bailloit des queu de puin & sechtoit à tere,
Il aloit vir ches jonnes epit après ches vius,
Epit y leus disois aveu des larmes as yus,
Parleme en molet nos lessres-vous egorgers
Et vous etous pendant quos pouvés vos rvingers,
Goilleux est-ty en diable, doit-ty vos efrayers,
Navés-vous poen comme ly des mains epis des
    pieds,
Os alés dires petetre qu'il est pu fort ecq vous,
Jel say, mais alés-y Diu le turos pour nous,
Ouy alés - y los foes deutres miraques ecq
    chos,
Et je vos vos en dire quequens par chi par
    los,
Par exampe, caquens say qu'Abrahan nos grand
    pere
Os defois quate Ermées (2) Quemnoites le
    fiud sen frere,
Diu os quoir defiquée & foes enfuire nos Peres
Denc tere (3) où ils etens tretous comme os
    Galers,
Il os noyée etous ene Ermée toute entiere

(1) *Affliction du Roi Saül de voir que per-
sonne des Juifs ne se disposoit d'aller contre Goliat ;
promesses & menaces qu'il leurs faits.*
  (2) *Lot.*
  (3) *En Egypte.*

Qui

Qui coürens après nous denl mitant de chel
    mere (1) ;
Caquens fay quoir comme mis ecq Sanfon os
    deffois
Ly feul mille Hommes aveu l maquoir den
    Beudet ;
En en mot, Diu os quoir foes pud chonq chens
    doufaines
De miraques edpuis quos avons prins nos ra-
    chaines,
Chos nedvroit-ty poen vos foires mouquer fus
    vos manches,
Et vos bailler du cœur à tretous plin vos panche,
Quand Diu fmele de quequofes n'en foes-ty à
    deux fois ,
Nes jous poen ly qui boute & qui deboute ches
    Roys ,
Nos ty poen enparly foes tous chouq os voyons,
Et nos os ty poen foes aveu des racquillons ,
Ebien tous chos etant ene peut ty poen perires
Den en moment tous ches Geux qui vintes
    pour nos nuirs ,
Alés morbiu croyeme courés contre Goilleux ,
Os voyerés qel bon Diu ly caffros fen mufieux ;
(2) Je vos dire quoir queqofes pour vos bailler
    quoirage ,
Bien echty qu'il turos erom fille en mariage ,

(1) *Paffage de la Mer rouge.*
(2) *Saül promet fa Fille en mariage au vain-*
queur de Goliat.

 Peut

[14]

Peut jous mius dire acheeur & n'etes-vous
      poen contens,
Bien je ly baray quoir aveu elle queques pre-
      sens,
Alon depechés-vous rapiechtés vos honneur,
Et foitme vir qui nos dens vous queques peu de
      cœur ;
Mais qmen nos personnes qu'ouvre sen becque
      pour dire en mot,
Bien o controire je voye quaquens quim tourne
      sen dos,
Quoy jous donq chos voeut dire porles diable
      de leux bos,
Ejouq quom perdes chy pour en Roy de fro-
      mage mots,
Os m'avés dont leché dire chou ecq j'ay
      voulus
Sans maouir nenpug fi jeu parlée à vos cus ;
Ebien fi chet comme los je menvos vos foire
      vir
Ecq Diu vos os baillée à mis pour m'obeir ;
Après avoir dit chos y fut pour dequamper,
(1) Mais Davis galopit vîte pour el latra-
      per,
Epit y ly dit Chire men Roy enbrayez poen,
Je menvos men aler defier ech Garniment,
Ouy alez je menvos y aler emparmis,
Mais fi jervien jeray chouq os avez promis,

                                    In

In faut poen bayer quand je fray le pu ptiot
	tous ;
Car Diu mos baillée quoit pud cœur qu'à vous
	tretous,
Et fi je vos difoit chouq y mos enc fois dit ,
Os diroite vous même ech quot los nos poen
	mentit ,
Quant Davis eux finit ech Roy ly dit men fius ,
Je fay quoir min ecq ty chouq fay foire le bon
	Diu ;
Car chet ly-même qui mos quoyfie pour etre
	vos Roy ;
Mais edpuis bien longtans j'ay los plantée f
	Loy ,
Je crois même qui m'envoye tous chos pour
	mes pechers ,
Mais os n'en fommes poen los , tachons de nos
	rdrechers ,
Tu dit ecq tu tenvos aler contre ech Bendit ,
Ebien vos-y peutetre Diu le turos pour ty ,
Je menvos et bailler toute achteur men partot ,
Tu nos qu'à faquél tien & le mete fur ten dos ,
Comme chos teros etout fur ty en partoid fere
Et tu fros comme Goilleux muché jufqu'at
	maquoir ,
(1) Sitôt dit fitôt foes , vlos quis fons debil-
	leis

(1) *L'on arme David des armes de Saül ;
en barras de David avec les mêmes armes ; dif-
cours comique qu'il tient au Roi pour fe faire dé-
farmer.*			B 2			Den

Den bout à leutre & même tout jufqu'à leus
    feuillers ,
Après os mis Davis denl partot de fen Moite ,
Mais fitôt qu'il y fut comme en euchoite ,
Chet à dire quin pouvoit poen pu ermuer ces
    pieds ,
Sans conparaifons , qu'en vieux quos les gam-
    bes loyées ,
Sitôt quis vit chinglé de chel bele maingner
    los ,
Y dit ach Roy ma foy foite eme faquer ordlos ,
Car jen peut morbiu poen nenpu bouger com-
    me chos
Ecq fi os mavoite foes loyer denl fon den fos ,
Iın fonne à vir quj fus tout comme en Emi-
    chon ,
E quej traîne tout comme ly fur men dos ene
    moifon ,
Je n'ay poen etée foes à avoir edfur mis
Ed faffutieux comme chos , j'aime miu men
    piffaty ,
Alons enquoir ene foes otant comme den
    chonq chens ,
Qu'om facque ariere où je menge tout aveu
    mes dens ,
Quant ech Roy le vit en colere y dit alons
Quol debille vîte & quos ly baille tous ces
    aillons ,
Il os raifon , je voy quin pouroit poen mar-
    cher ,
Et Goilleux comme los enneroit tros boen
    marquer ;   Quant

Quant ech Roy eut ouver fen becque ol dé-
    billit,
Epit os ly bailly après fen piffatit,
Sen fos & fen batout, f fronde & ces cailleux,
Et ol rarnachy edpis enbos jufquenheux,
Epit os ly difit qel bon Diu vos exfeuches,
Marchés vos gambes enheux on perdres poen
    vos quauches,
Ches Juis ly difiens chos chetoit pour leus mo-
    quers,
Y croyens ecq Goilleux el laloit depiechers ;
Mais ech quot Davis fans felment l facouter,
Couru vîte où Goilleux etoit fans s'areter,
Arivé los il lorgne comme eroit foes en autre,
Y vit qel pu grand d'eux n'aloit poen à fen
    queutre,
Y claque ces yus à tere & den chel pofture los
Y priiy Diu qui ly meche f forche den fen
    bros,
(1) Après chos y ly crie acoutme grand
    Bendit,
Si tos du cœur foel vir vien & batre contre
    mis,
(2) Goilleux laouyant ly dit, tu n'eft poen
    dem forche,
Et fi je vos à ty je te boutray dem poche,
Tu n'eft opres de mis qu'en ptiot mechant
    Montont

(1) *David défie Goliat.*
(2) *Réponfe de Goliat à David.*

 Qui

Qui vien quer den les griffes den grand & for
    Lion ,
Sij te perdoy dene pate je te ruroy enheux
Ny pu ny moin ecq ſi tetoit en ptiot Moy-
    gneux ,
Y faut ecq chelos qui ton envoyez ichy
Taichte & eute envis de leus defoire de ty ;
Mais vos jen te fray rien votent vîte comme
    tes vnus ,
Et galope comme ſi le fu etoit à ten cu ,
(1) Quand Davis eux aouy parler comme los
    Goilleux
Y ly dit , mais grand Geux eſt-tu fou ou bien
    ſeux
Timmagine-tu ecq tous tes contes em front
    enfuire ,
Tunneros mentit , & je ſus bien aiſe det
    dire ,
Quej ſay ſi bien ecq ty ecq jen voye poen at
    manche ,
Mais je ſus aſſez grand pour tiret name dt
    panche ,
Y net faut poen bayer quand jen fray qu'en
    efant ,
Car on voye bien ſouvent en ptiot nen batre en
    grand ,
Tu penſe qui nos nenpar perſonne ſi fort ecq
    ty ;
Mais ſi tu connoiſſoit le Diu dch Paradis ,

(1) *David répond comiquement à Goliat.*

Tu

Tu quantroit autrement & tu diroit comme
    mis
Ecq tu n'eſt qu'en ptiot vere de chel tere opre
    dly,
Say-tu quin tien qu'à ly qen bayer ten muſer ,
Det claquer los à tere epit det foire crever ;
Mais je perd men Latin ded conter ches quo-
    ſes los ,
Car tos ten cœur enquoir pu dure qu'en fere à
    gvos ,
Teſt acoutumé de foire le diable ſur el tere
Et tu en ceſſros ecq quant tu ſros den linfere ;
Mais par boenheur pour nous teſt o bout de
    ten qmin ,
Je crois ecq tes gambes ene frons půs ſous ty
    edmain ,
Je te dit chos, car chés men Diu qui mellos dit
Et qui mos envoyé pour eme batre contre ty ,
Alons , alons voyons ſans tant nos areteres ,
Echtylos qued nous deux y vouros foire reſter ;
Quant Davis eux yeu dit tout chouq os vnés
    daouir ,
(1) Goilleux ly fit des mains epit iſſe mit à
    rire ,
Y ly diſit aveu quoy dont & batros-tu,
Tu nos poen darme ſur ty n'y ed fere à ten cu ;
Ejoug ten Diu tos dit ptiot diable de Bhoimien

    (1) *Goliat demande à David de quelle façon
il veut ſe battre , vû qu'il ne lui voit point d'ar-
mes.*

Qui

Qui foudroit ecq tum traite comme fi j'etoy en
    Quien ,
Ou bien penffe-tu den ty quej fus en gros Cra-
    peux ,
Quos tus à queud bâtons comme os cache en
    Porcheux ,
Say tuq fij croyois chos quej te coproy & bray,
Epit quej tenvoyroy par quartier à ten Roy ;
Mais je penffe putôt ecq tu nos pu de cher-
    vieux ,
Et quet nefprit fenvos or det tête par lanbieux ;
Car y n'eft poen poffible ecq tu fuche autre-
    ment ,
Et tu nodroim bayer fi tavoit ten boen fens ,
Alons vatent edvant ecq jerfringne men mu-
    fieux ,
Pifq je veut eft leffer aler aveu & pieux
(1) Davis laffé de faouir comme echlos de-
    grigner ,
Quantis game à Goilleux & chos pour lagu-
    cher ,
Y laplit grand voleux , diable de tifon dinfere ,
Lettaroux , grand chorcher daingne fin de Lu-
    fifere ,
Satant , quien aragé , maoife geulle de vipere ,
Bafelique , grand ferpent demaqué par linfere ,
Songe à defendre & pieux , car je fus en colere ,
Où je vos & caffer & geulle aveu ene piere ,

   (1) *David fe met en colere ; il dit des injures*
picantes à Goliat.

[21]

Chos dit , Goilleux f mit comme en Toirieux
    furieux ,
Y faquit vîte fen fabre ariere de fen fourieux ,
Pis y vint fur Davis tout comme en grand de-
    mon ;
(1) Mais Davis ly tapit fen cailleux den fen
    fron ;
Quans tête fut enfondrée y voulut avancher ,
En ly montrant ces grifes comme pour le de-
    piecher ,
Mais Davis ly difit vos tune nos pour & vie ,
Je fus feure ecq tes gambes vont bientôt quer
    fous ty ,
Chouq y ly dit fut vray , y fit quoir en long
    pos ,
Epit levlos qui ques de fen long fur fen dos ;
Sitôt qui fut à terre Davis couru fur ly ,
Y ly print f tête & fen fabre epit s'enfuit ,
Os alés petetre croire qu'il aloit cour bien
    loens ,
Nan , car Diu envoyit aveu ly en hots gens
Qui etens bien ermés , & chos pour lervinger
Si les gens de Goilleux vnens pour el lataquer ,
Mais y naviens morbiu perfonnes envie de
    nuirs ,
Y aloites même bayer leus qmins pour leus
    enfuirs
(2) Quant Davis dit à fen Hots alons em famis ,

    (1) *David tue Goliat & lui coupe la tête.*
    (2) *David & fes Alliés défont l'Armée de*
Goliat.   Ylos

Vlos Goilleux qui est tué courons sur ches
    Bendis ,
Tuons chouq os trouverons & nepargnons per-
    sonnes ,
Bsons les quer à tere comme si os ochoimes
    des pronnes ,
Diu veros aveu nous , on barons poens de
    queux
Qu'on les voyonches quer à nos pieds leus
    gambes enheux ,
Sitôt y galopires tous den tros après eux ,
Y nen tuires à queu de fleches , deutres à queud
    cailleux ,
Tanq les gens de Goilleux ont fait ene si gran-
    de perte ,
Qui neunos poen eux en quos sortis ces bray
    nete ,
(1) Après y sous revnus sautans comme des
    Cabris ,
En bsant mille maingners drole otour dch ptiot
    Davis ,
Y couroites edvant ly comme des ptiots Quiens
    ed caches ,
Epit y vnoites bien vîte tretous erprendre leus
    plaches ,
Isse rafiannoites den tos toute alentour de ly ,
Len letnoit par f main , leute par sen pisiatit ,

  (1) *Joye extraordinaire des Juifs revenans de*
la Bataille ; discours comique qu'ils tiennent à
David.

Nennavoit

Nennavoit qui quantiens les louanges del bon
    Diu ,
Ed feutres difiens Davis eft petetre fen ptiot
    fu ;
Enfin ils etiens fi aife quej peut bien vos dires
Qui bfoites des quofes à faire crever ches gens
    de rires ,
En gambonnans comme chos y font vnus dvant
    leus Roy
Croyans ly foire plaifir & le trouver en joye ;
(1) Davis aloil premier pour ly foire compli-
    ment
Fpit pour ly bailler el tête deh Garninnent ;
Mais y n'etoit morbiu ny ayfié ni content ,
Et il eroit voulu les virs tretous bien loen,
Prinfipalment Davis , car ches Gens de ches
    Villes
Difiens qu'en tuant Goilleux innavoit tué dix
    mille ,
Pendant ecq parlan de ly y difiens feulment
Quinnavoit foes enfuire trois quatre & tués
    queques ens ,
Chol boutoit en colere & chol rendoit jaloux ,
Et il eroit voulue vir Davis leuaroux ,
(2) Car dench tans los ches Roys etoitens des
    maoes

   (1) *David préfinte au Roy la téte de Goliat ;*
jaloufie de Saül contre David.
   (2) *Différence des Roys d'apréfent aux Roys*
des autres temps.

Queroites

[24]

Queroites voulus avoir l'honneur de leus Su-
	ges ,
Et ils auriens aimé quos leus bailly toul gloire ,
Quant leus Seudars gangniens par leus sang
	ene victoire ;
Mais achteur ech n'est pu comme chos , car
	osons vus
(1) El notre courire en Flandre tout comme
	en eperdus
S bouter le premier al tête de ces Seudars ,
Foire canonner ches Villes , claquer bos ches
	ramparts ,
Pit courir comme en basque après tous ces
	enmis ,
Les batre & les poursuires jusquofond leus
	poyis ,
Pis après les forcher margrés eux & leus dens
A ly dmander el paix & ly bailléd lergent ;
Mais lessons chos los & boutons-nous den nos
	qmin ,
Et erparlons dch Roy & ds nesprit malin ,
Odvés tous vos souvnirs qu'il avoit bien pro-
	mis
(2) Qui baroit f Fille al vinqueur dch grand
	Bendit ;
Mais os alés bien vir ecq chouq il avoit dit

(1) *Conquêtes du Roy dans les dernieres*
Guerres.
(2) *Mauvaise foi de Saül touchant ce qu'il*
avoit promis sa Fille à David.

Etoit

[25]

Etoit tous comme fortit del bouque de Lanthe-
     crit ;
Car ils os cherchée game à Davis après chos
Et il los renfourné dend nouvieux enbaros,
Illos quoir raquaché & renvoyé courir
En ly dmandant chens quofes ecq jen peut poen
     vos dire,
(1) Pour avoir ches quofes los y fouloit qu'il
     affommes
Aveu trois quatre amis toute omoins en chent
     d'Hommes,
Ech Roy croyoit den ly fen defoire comme
     echlos ;
(2) Mais Diu aimoit Davis y conduifoit ces
     pos,
In fut même poen longtans à courire par ches
     Cans
Qu'il eut chouq y cherchoit , & quoir en foes
     otant ,
(3) Après qu'il eut tout chos y vint trouver fen
     Roy,
Epit y ly dit, Chire fi os été de bonne foy
Os nem renvoyerez pus & om barés vos Fille,
Car Diu mos rendu daingne d'entrer dens vos
     famille,
Os voyez ecq j'ay tué Goilieux toute emparmy.

   (1) *Leurs prépuces.*
   (2) *Dieu favorife David.*
   (3) *David revient trouver Saül ; il le fomme*
une feconde fois de fa parole.

Et qu'aveu l'aide de Diu j'ay foich quos avez
    dit,
On pouvez poen en boene conflenche m ra-
    quacher,
Et fi om merfufés os frés en gro pecher;
Offitot qel laringue de Davis fut finie,
(1) Caquens f boutis à parler ach Roy pour
    ly,
Y ly difirs Davis nos os fovée nos vis
El votre etous, epis enquoir tout vos poyis,
Sans ly os froimes achteur chiqtés par ptiots
    morfieux
Vous & tous vos Sujes froites etous par lam-
    bieux,
Os penflés petetre den vous quo nos froimes
    enfuis,
Quos vos eroimes leché, & quo nos eroite
    fuis;
Muis os eroite été bien quanpé d'être erens,
Os vos eroit bayée tout comme en Roy de
    bren,
Y veut bien miu vos vire moitre den vos Etos
Ecq dete à courire chy ennuis, pis edmain
    los,
Alons, alons leché vous aler & dites ouy,
Et foite nous vir quo urés chouq os avez pro-
    mis,

(1) *Toutes les perfonnes de la fuite de Saül*
lui parlent pour lui, ils lui expofent le grand fer-
vice qu'il a rendu à fes Etats.

Comme

Commē chos os frons chouq os direz aveugle-
    ment,
Et os obeïrons en tout à vos qmandmens,
Oillu ecq fi os foite des maingner comme
    chelos
Os vos bayerond queutée & os vos clacqrons
    los;
(1) Ech Roy f'voyant comme chos l'epée den
    les rains,
S mit à foire des mainnes & à mordre ces
    mains,
Pis y dij ly baray pifquol voulés tretous,
Mais je voeut qui fenvoyche ly, f femme da-
    riere nous,
Os n'avés qu'à ly dire & qui galope bien vîte,
Car jelleis otant qul diable heis lieu baite,
J'ay enquoir à vos dire ecq jen veut poen
    lacher
Chellos ecq j'ay promis quand odvroit me-
    quorcher,
Os nos qu'à ly bailler chel quos apele Micole;
Car je fay qal l'aime tant quan net à mitant
    fole,
Surtout quos depeche vîte de les loyer eux
    deux;
Car je pouray canger edvant ene heure ou
    deux;

(1) *Saül confent de donner une de fes Filles*
à David, mais non celle qu'il avoit promis;
à quelle condition il la donne.

[28]

Sitôt quch Roy eux yeux baillé sen consent-
    ment
Os mnit Davis bien vîte den bieux apart-
    ment,
Epis os alit queur chellos quidvoit avair,
Al vint vîte aveu el compangnie de sen frere ;
(1) Sen frere aimoit edpuis longtant ech ptiot
    Davis,
Et chetoit par boenheur tout sen pu boen
    ami,
Etout sitôt qu'il vit il boysiit den boen cœur,
Y ly fit compliment etout sur sen boenheur,
Sen frere saploit, mais je nem souvient pud sen
    non,
Mais sufit de vos dires qu'il etoit boen gar-
    chon ;
Enfin y les loyis enssannes pour toute leus
    vis,
Et chet ach lendroit los ecq leus mariage
    fini,
(2) Mais Davis n'etoit poen pour chos oboud
    ces caches,
Et pour y vnir il y fouloit quoir chens boenes
    braches,
Car ech Roy ly fit quoir par sen maois esprit
Pud mos quimnavoit yeu edpuis le temps ds
    vie,

(1) *Jonatas ami de David.*
(2) *Nouvelles persécutions que Saül fait à*
David.

Et

Et fi os avoites vieu chos dens ches lives com-
    me mis
Os diroites tretous nos Curé nos poen men-
    tit ;
Mais je vos vos dires chouq je fay fans mare-
    ter ,
Chos ouvrés vos oyreilles bien grandes pour
    macouter ,
Os favés qej vos ay aprins qu'il avoit dit
 Quis fouloit depecher ed vite marier Davis ,
Ebien quant il eux yeux baillé fen confent-
    ment
Iffe mit comme en avare queroit perdu fher-
    gent,
Y fit rage de ces pieds , pis y courue cher-
    cher
Comme en fou Davis , & chos , pour le depie-
    cher ;
Il aloit f'mucher bien fouvent den des quins
Pour le gueter comme en Cacheur guete ches
    Lapins ,
Epis quant il voyoit y tiroit edfurly
Comme fi chavoit eté edfur en Catfoyrie ,
Y contoit bien chaque queu le chaquer los
    enbos ,
Mais iffe trompoit , car Diu ly tortignoit fen
    bros ,
Chet à dire ecq quant y penfoit tirer tout
    droit
Diu racachoit ce fleches el fenvoyoid quin-
    goit .

Tout chos le boutoit den ene ſi grande me-
  chanſté
Qu'il etoit comme en diable qui os té bien
  froté ;
Il inventoit pour le prendre des malices ſi
  noires
Qu nen trouveroit poen de telles dens ches
  grimoirs ;
Mais il avoit bieux faire les chonq ſens de
  naturs ,
Davis perdoit toujour bien ouarde à ces bor-
  durs ,
(1) Quoyq chos, il os manqué ene fois d'être
  atrapée ,
Et chetée en miraque dh qui s'eſt equapée ;
Je vos vos dire ecqmen , cheq ene nuit il
  . etoit
Dens moiſon & couqué aveus femme qui dor-
  moit ,
Quequens , jen ſay poen qui , vinl dire ach
  Roy tout quau ,
Ly in mit poen chos den loyreille den Viaux ,
Y baillit ordre toud ſuite de bien vîte atrouper
En toſt de ces Bendis pour laler echerper ,
Os ſit bien vîte ſans rien dire tous chouq y
  vouloit ,
Et os amnit du monde trois fois pu quine
  ſouloir ,

(1) *David manque d'être pris par les Soldats
de Saül ; ſa Femme lui facilite ſa fuite.*

Offic

Ossitôt qui les vits isse boutit à leus dires
Je nen veut à Davis , faut quos lebsoiche moï-
    rires ,
Os n'avez qu'à marchers douchmens sans
    foire de train ,
Epis sitôt quos frés tretous oboud vos qmins ,
Os entourrés smoison edvant & driere
Et ol perdrés tout comme en Rot den ene ra-
    tiere ,
Comme echlos os pourés morbiu melletriller ,
Edvant qu'il euche selment le tans de s'éveil-
    ler ;
Quant ech Roy leus eux dit chouq je vien de
    conter ,
Y galopirens vîte pour le dequapiter ;
Mais ins letnens poen quoir & os alés bien
    virs
Et cheux qel bon Diu aide persounes ene peut
    leus nuirs ;
Car comme y qmenchoitens à enfondrer s
    nhuit
Diu envoyit en Ange asse Femme qui lavertit ,
Al fit bien vîte saquer Davis or de sen lit ,
Pis al mit asse plache ene Marmote oillu de
    ly ,
Après al fit enfuire , & par où , jen say poen ,
Car ma foy dench tans los jetoit enquoir tros
    loen ,
Sufit toujours qu'ils ont yeu leus nez bien mou-
    qué ,
Quant isse font aperchus qu'il etoit deniché ,
Nenneus

Nenneus pour chos quequens quiffe boutirs à
    cherchez
Dens ches quins del moifon croyanl trouver
    muché ,
Mais après qu'il eut yeu mis tout fans fud-
    fous
Y fenfurs en beuglans tous comme des Leus-
    aroux ;
Otans comme ils etiens evnus bien joyeufe-
    ment ,
Otans y fenfurens douchment & triftement ,
Cheux quetens les premiers f boutoites par
    drieres ,
Pis iffe pouffoites comme des Berbis par leus
    driers ,
Ches pus hardis marchoites en bfans des pos-
    tor as
Comme ed Secolliers qui vons avoir fus leus
    cus ,
Chos y navoites poen tor , car ech Roy n'etoit
    poen
Ny de ches pus ayfié , ny même de ches pus
    boen ,
Il croit in ebiu homme à les foire equorchers,
Chetoit chos qui bfoit qui nofoites poen
    avanchers ,
Ine favoites poens eqmens fi prende pour leus
    defendre ,
Us avens peur quin les foiche tuer fans les en-
    rendre ,
Chetoit embarachant comme os voyés pour
    eux ,

Mais

Mais el peur os eté toute le mos qu'ils ons yeu ;
Car comme iffe difoitens vos y ej niray poen ,
Ech Roy el faperchue foire tous leus mainnes
    de loen ,
Y vit à leus pos quin lavens poen atrapée ,
Et y penffit den ly qu'il etoit equapée ,
Chos fit qu'il envoyi end ces Geus pour leus
    dires
Qui navoites qu'à bayers leus qmins pour leus
    enfuirs ,
Os êtes furprin dch qui les lechis ennallers ,
Mais il avoit deutres Quiens dens tète à etril-
    lers ,
Car comme y galopoites len à geuche leutre à
    droite ,
Il avoit des Crignons qui ly rongoite f tête ,
Y voyoit bien ecq Diu veilloit al vid Davis ,
Y voyoit etout qui nes fouffioit pu de ly ,
Chos ly bailloil tintoin dene fi diable de foi-
    chon ,
Quin favoit pu à ques feuffe bouter fen piffon ,
Y gnavoit des momens qu'il arachoit ces
    gueveux ,
Y nennavoit ed feutres qu'il heurloit eomme
    ches Leus ,
(1) El pir qui navoit quoir pour ly cheq il
    avoit
Toujours en diable carqué fen dos qu'il poffe-
    doit ,

(1) *Saül poffedé du Diable.*

Y vos lebfoit aler à i ou bien à dios,
Quant il eroit foulue qu'il alit à u ots,
De foichon qui ly bfoit foire tous chouq y
        vouloit,
Ou bien y ly bailloit des queux qui laffom—
        moit;
Mais y pouvoit bien f bailler *mea culpos*,
Et dire den ly ches bien dm faute fi jay du mots;
Car fitôt ecq Diu vit quiffe vouloit deringer,
(1) Y ly envoyi fen Profhête pour lerdrecher,
Ech Profhête ly difit Roy fi tun cange de vie,
Je tavertit ecq Diu vos es deffoire de ty,
Tes pechers ons montée den troupieux jufqu'à
        ly,
Et il eft laffe der vir vivre comme en inpis,
Bray tes pechers pendant ecq tes quoir fur el
        tere,
Je priray le bon Diu qu'il apoife f colere,
Depeche bien vîte pendant ecq tes enquoir
        vivant,
Car ojourdhuy paffé edmain in fros pu tans,
Chetoit gnen dire affé, & y pouvoit bien vir
Quin ly difoit poen chos comme fi cheu tée
        pour rire,
Mais il avoit fen cœur quetoit fi endurchy,
Quin tin poen dutout de conte de chouq y
        dit.

(1) *Dieu envoye fon Prophéte à Saül pour le
faire changer; difcours que le même Prophéte lui
tient; endurciffement de Saül.*

O

O contraire y fit quoir pud mos quinnavoir
   foes,
Ou bien pour mius vos dirs, y fit pire ecq
   jamois,
Erout quand Diu vit chos y dit à fen Profhête
Den jamois braire pour ly fur les deux yus ds
   tête,
Après illeffit foire quoir queque tans fans rien
   dire,
Jufqu'à qu'il eut eté forché.dl foire moirire;
Je menvos pouffer chouq j'ay à vos dirs pu loen;
Mais chet juftment los ecq finit men premier
   poen.

Fin du premier point.

SECOND POINT.

VLos (1) Emsefans tous comme nos boen
    Diu nos atrape
Quant on sommes oire mechans nous nos
    quen ptiote sape,
Mais ene foes quos avons misa bout s patien-
    che,
Y nos chingle & y nos etrille en boene con-
    sienche,
Mais chos ches nos faute, car quand os sen-
    tons snepront,
Si os forchoime nos cueur à ly dmander par-
    don
Innos frois jamais rien & y sroit même bien
    aise ;
Car il est si boen qel moindre quose l'apoise,
Chet margret ly quant y nos foes sentir sen
    bros,
Et il est bien fachée quant y nos foes du mos ;
Y vouroit morbiu bien qu'on fuchouche poen
    mechans,
Y nos aime, mais y nos aimrois dix foes
    otans,

(1) *Premiere Morale comique que le Curé
fait à ses Paroissiens dessus la malheureuse fin
de Saül.*

Dvroimes.

Dvroimes-nous lofenslers , en sommes-nous
    poens s Efans ,
Nos ty poen baillé pour nous s vie & sen
    sang ,
Ejoug y n'est poen à tous chouq os sommes
    nos Pere ,
Ennos os ty poen foes dès denl panche de nos
    mere ,
N'est jou poen ly quos foes ches Gros epis ches
    Ptiots ,
N'est jou poen ly quos mis ene pieux edsur nos
    os ,
N'est jou poen ly quos foes ches Bêtes epis
    ches Hommes ,
N'est jou poen ds bonté si os sommes tés quos
    sommes ,
Croyés-vous de bonne foy à vos virs los tre-
    tous ,
Qel bon Diu neroit poen bien peu s passéd
    nous ,
Et ma foy siet alés , es Magesté suprême
Est chens foes pu quin faut pour sufir à elle-
    même ;
Mais il os bien voulu nos créer tous comme ly ,
Pour quos puchonches gangner en quind sen
    Paradis ,
(1) Y nos os tant aimé , il os même tée si
    boen ,

(1) *Bontés que Dieu a eues pour nous de créer*
toutes choses pour notre usage.

 Qu'il

Qu'il os enquoir pourvu à chouq os ons eb-
    foens ,
Il os foes en Soleil cho's pour nos eclerer ,
Il os foes ene tere pour quos puchonches nos
    bourer ,
Il os foes ed fetoilles epis ech temps etous ,
Il os foes Laire pour nos foire refpirer tretous ,
Il os quoir foes ene Lene , il os quoir foes ene
    Mere ,
Il os foes des Rivieres & chonq y fouloit
    foire ,
Nedvroimes nous poens l'aimer quoir chers
    mille foes miuq nous ,
Ene nos baille ty poen chouq y nos faut à tre-
    tous ,
Ene mets-ty poen fur el tere tant qui foes den-
    née
Des pronnes , des gravinchons pour nos foire
    des pionnées ,
N'envoye-ty poen des blés toul fans pour foire
    du pain ,
N'eft jou poen ly qui carque ches vaingnes
    pour foire du vin ,
Ene meft-ty point fur ches arbres de toutes for-
    tes de fruits ;
Enfin n'envoye-ty poen chouq y faut pour nos
    vis ,
Nos manque-ty à quequofes , n'envoye-ty
    poen etout
Des canvres epis des laines pour nos mucher
    tretous ,

Cheux

[39]

(1) Cheux qui sont pauvres dirons petete pour
  mareter ,
Qui neroitens rien si y nen savoites grater ,
Ches vray , mais el bon Dieu os bien pourvu
  à chos
En vos boutant des mains pendues à vos deux
  bros ,
Epis ejoug on n'êtes poen nés pour ebsougner
Si le bon Dieu le voeut edvous nous nos rfrin-
  gner ,
(2) Nos premier Pere n'avoit quane poen être
  si geullue ,
In fouloit poen qui menge de ches pemmes
  defendues ,
(3) Si il eux obeit à chouq Diu avoit dit
Os eroimes tée tretous den en bieux Paradis ;
Os eroimes los yeu sans rien foire chouq y nos
  faut ,
Et os eroimes été comme des Piffons den
  lieux ;
Mais pisquej premier Pere nos poen voulu
  marcher
Tout droit , faut quos nechoufes carqués ed fen
  pecher ,
Y faut ermersier Diu deh qu'il los pardonnée .

(1) *Discours que les Pauvres tiennent expli-
qués & refutés.*
(2) *Désobéissance de notre Pere Adam.*
(3) *Promesses que Dieu lui avoit faites si il
eût suivi ses Commandemens.*

D 2　　Car

Car perſonne ene ſroit nee, ou os ſroimes tous
    dannée ,
Diu ene pouvoit y poen el bouter den L'infere
Tout comme il os bouté ech diable de Luſſi-
    fere ;
Mais y nos poen voulu nen foire en malhe-
    reux ,
Et y s'eſt contenté del cacher comme en
    pteux ,
(1) Deutres dirons nennos des Riches, & chos
    pourquoy ,
Mis je diray pourquoy quos os mandé en
    Roy ,
Si caquens etoit riche vourois-ton ebſongner ,
(2) Trouveroit-ton quequens qui vouroit faire
    amgner ,
Alvroites-vous des Porcheux , alvroites-vous
    des Pouldaines ,
Penſſroites-vous ſeulment à bouter couver vos
    Glaines ,
Alvroites-vous des Canards , alvroites-vous ed
    Soyſons ,
Alvroites-vous des Berbis , alvroites-vous des
    Pigeons ,
Neroit-ty quequens qui meroit vos Vaques à
    Toir ,

(1) *Autres Diſcours des Pauvres auſſi refutés
par le Curé.*

(2) *Deſcription comique de la néceſſité de tous
les états.*

Etoites.

Eroites-vous des Mecquinnes , ouy os eroites
  del foire ,
Queche qui vouroit mener tous vos troupieux
  poichers ;
Eroites-vous des Berequers , eroites-vous des
  Porchers ,
Difemes en molet queche querois foens ed vos
  Guevos ,
Neroit-ty dens tous ches Vilages des Mare-
  chos ,
Eroites-vous des Varlets pour mner vos carus ;
Non fi caquens etoit riche roul monde froit
  perdus ,
Os voyeroit tous ches Hommes len & leutre
  fegorger ,
Ches Leus qui font dens ches bos veroites vos
  menger ,
Ches Ros & ches Soyris veroites menger vos
  gueveux ,
Epis tous ches Bêtes brutes f boutroites fur nos
  pieux ,
Os iroim dens ches rus fans avoir de partot ,
Os neroimes poen ene qmife à bouter den nos
  dos ,
Os froimes fans affulurs , os iroimes fans feuil-
  lers ,
Os trotroimes fans culote & fans cauche den
  nos pieds ,
On voyrois poen en ame qui froit cauchée ,
  vêtus ,
Et os froimes obligés d'aler nos cus tous nus ;

D 3   Enfin

Enfin os froimes enquoir tretous pire ecq des
    fous,
Et os voyroit ches quofes aler fans favoir ous,
Et morbiu leffiés foire le bon Diu ene boenne
    fois,
Y fay chouq y nos faut fur le bout de fen doit,
Y fay dij nos bailler à nos apars caquens,
Chouq y nos faut pour vivre & chouq os avons
    bloens,
Nennos quons de l'efprit, deutres du refon-
    mens,
Cheux-chy n'ons poens chos, mais y faites
    gangnéd lergens,
Nennos qui font des toilles ches pour nos enq-
    mifers,
Nennos qui fons des dros ches pour nos abil-
    lers,
Y nos des Couturiers pour foire nos harnachu-
    res,
Y nos des Capeillers pour foire nos affulures,
Nennos pour foire ches barbes, epis pour foire
    ches gueveux,
Y nos des Serufiens pour guerire ches galeus,
Nos ed Soperateurs & des Medfins auffis,
Pour alonger ou bien pour acourchir nos vis,
Nos ed Sapotiquairs qui foites nos foirs quiers;
Et enfin nos des Gens de toutes fortes de Mè-
    tiers,
Ches Femmes mêmes, comme ches Hommes,
    ons etous leus affoires,
Et nennos poen ene qui paffe f vie à rien foire,
                                    Nos

Nos des Hommes quon des fienches enfeté leus
    bones ,

Nennos etous qui font beudes comme des
    Beudes ,

Mais chos en foes derien ils ons l'inftins dga-
    gner

En bfongnans comme el fautres chouq y fau:
    pour emgner ,

(1) Gnos en Pape epis des Capieux rouge avea
    ly ,

Chelos fons pour nos metre tout droit dench
    Paradis ,

Gnod Sevecques ed Sabés qui font crochés ;
    mitrés ,

Nos des Prêtes & des Moines & partous de:
    Curés ,

Ches derins fons boutés exprés pour vos ma-
    riers ,

Epis pour quant os foites des ptiots les batifiers,

Y fons pour vos Prequers epis pour vos Mef-
    fers ,

Y fons pour vos dirs Veupres & pour vos Con-
    feflers ;

Dirés-vous quoir achteur qu'on vouroites poens
    rien foire ,

Et tous chouq Diu os foes n'eft-ty poen nef-
    feflaire ,

(1) *Difcours fur la néceffité d'avoir un Pape,
des Prélats, des Curés & des Moines, fi il n'y en
avoit pas tant.*

Je

Je menvos enquoir vos parler ded feutres main-
     gn-rs
Et vos en baillers tous du long de vos ma-
     quoirs ;
(1) Pour evnir à ches Riches, par example, nos
     des Roys,
Ebien fuut qui nenneuche pour nos bailler des
     Loix,
Sans chos os nos mengroimes tous le blanc de
     nos yus,
Et os voyerois ches jonnes affommer tous ches
     vius ;
(2) Nos des Prainces, des Saingneurs toujours
     près ds perfonne,
Bien y nen faut etous pour maintnir f Cou-
     ronne,
Nos des Qmandeus Dermée qui galopes ches
     poyis,
Y nen faut etous pour cacher nos Enmis,
Nos des Ducs & des Peres, epis des Mare-
     chos,
Nos des Marquis, epis des Miniftres Detos,
Y nos en Canchelier, y nos en Controleux,
Nennos enquoir en quos apelle Ouarde ed
     Sieux,

    (1) *Néceffité indifpenfable d'avoir un Roy
pour nous gouverner.*
    (2) *Autre néceffité d'avoir des Princes, des
Seigneurs & des Miniftres quand fe font d'honnê-
tes gens.*

Quant

[45]

Quant ches derins font boens y fons tout nos
    boenheur,
Mais quant y font mechans y fons tout nos
    malheur,
Quoyq chos y nen faut, car nos Roy en pou-
    roit mis
Jamais evnir à bout ds affoirs emparly;
(1) Y nos des Magiftros epis des Parle-
    mens,
Diu o os mis ches derins comme les Peres de
    ches Gens,
Chés chelos qui font pour cacher de maoifes
    Mouques
Qui nos raqueus fouvent du poifon par leus
    bouques,
Chet à dire qui font pour foire connoître à nos
    Roy
Qui nennos qui ny vons poen toujours al boen-
    ne foy;
Enfin ches eux qui fons rongners tous ches
    inpos,
Et qui nous fons bouters en peud lar dens nos
    pos;
Nos etous des Notaires pour nos foirs des
    Contros,
(2) Nos aveu eux des Gens de chonq chens
    mille etos,

 (1) *Petit Difcours en faveur des Parlemens.*
 (2) *Commencement des Satyres fur les Cen-*
fures publiques.

Mais

Mais den tous chos nennos des boens & des
     mechans ,
El fens nos fons du bien , les autres chuchens
     nos fanc ,
Diu permet qui nenneut pour nous perfecu-
     teus ,
Pourquoy ches jous chos ches pour nos foire
     meriters ,
Y nonnenvoye ctous pour punir nos pechers ,
Qui prens-ty pour chos ches en troupieud
     Fermiers ,
Des Fermiers direz-vous , quoy jous dont ecq
     chet chos ?
Nous n'avons mis aouy parler de ches bêtes
     los ,
Ine peutes mis nous rien foire , inne nos con-
     noîtes poens ,
Ebien lechés les foirs y connoîtes vos argens ;
Voulés-vous qj vos diche chouq ches bien ches
     de f Hommes
Quepluquens ches ecus qui nos dens ches
     Royaumes ,
Et ches des Gens quons tant dor qui nen fons
     queudus ,
Et qui fons allés riches pour foire dorer ches
     r.is ,
Os dirés , mais ouqchet dont qu'ils ons pec-
     qués chos ?
Vermens ils lons pecqués ameme de tous ches
     fos ,
Chos leus eft bien ayfié ches eux qui rchevens
     rous   Lergens

Lergens ecq nos Roy mande & qes poyons
    tretous,
Vous alegrés petetre ou os penflrés boen-
    ment
Ecq fi ircheutes pour ly qui ly rentes f nergent,
Bien mis je vos diq non, car fi ils ons chonq
    feux
(1) Y nen prentes trois pour eux & y nen ren-
    dens deux,
Pis quand nos povre Roy eft den en tans de
    Guere
Y ly prêtes f nergent à rente pour f affoirs,
Chos'eft comme je vol dit, chos n'eft poen au-
    trement,
Et pourquoy ches jous chos, cheq nos Roy eft
    tros boen,
Ifle lefle morbiu ronguer comme os rongue
    ches Plaideux,
Et nos de certins temps qu'il eft pu povre
    qu'eux,
Faut tous vos dire etout, ine fay poen leus ma-
    chainnes,
(2) Et il os tros daffoirs pour fen bouter en
    paine,
Os penflés petetre vous quen Roy nos qu'à
    macquer,

    (1) *Vol manifefte des Fermiers Généraux,
ainfi que de toutes les Gens de Finances.*
    (2) *Pourquoi le Roy fe laiffe voler : Compa-
raifon de fon état à celui d'un Payfan.*

                    Qu'à

Qu'à rire & qas promner , qu'à felver es cou-
    quer ,
Mais chos n'eft poen , car y faut qui foingne
    ces Sujes
Comme os voyés ene Glaine foingner tous ces
    Poulets ,
De foichon ein Sefans quen Roy os moins de
    tans
Quen Poyifant qui vos labourer den ches cans ,
Ech Poyifant f couque quant f journée eft
    foite ,
Mais ech Roy os toujours ed faffoirs plin f
    tête ,
Ches Fermiers faites chos , ches juftment chouq
    y foes
Qui lis prentes de lergent pour carquer des
    Mulets ;
Mais fi y favoit comme mis comme il faites
    plemer ,
Je crois qui leus rongnrois tous leus griffes de
    bien prés ,
Y neroites morbiu poen des Catieux dorés ,
Y neroites poen nenpus daffoirs pour leus car-
    rés ;
Y neroites poens d'Home de Cambre pour
    les farnachers ,
On vidroit poen leus brens , on leus frois poens
    amgners ,
Ine froites poen fur leus chaifes comme des
    Papes Colos
Affe foire fervirs fans rmuers ny leus gambes
    ny leus bros ,   Fouroit

Fouroit qui travaillens pour norire leus me-
    nages ,

Fouroit etouq leus Femmes foichens leus tri-
    potages ,

Y feriens contrains de foire chou ecq Diu nos
    dis ,

Chet à dire , debfongners & de brouters leus
    vis ;

Mais tous chos j'ay bieu dire nos yeu des cœur-
    faillis

Dès le qmenchement du monde nenneros après
    mis ,

(1) Al fille los nos quoir des Gens de pleme
    ene libelle ,

Qui font tretous fi boens qu'etoit le frere d'A-
    belle ;

Je peut bien quoir dire d'eux , fans foire tor à
    leus clique ,

Ecq ches tous maoifes Mouques qui ronguens
    ech publique ,

(2) Après chos nos en tos de morfieux de Juf-
    tice ,

Ou pour miu dire , en tos de grigner à malice ,
Jel fapelles comme chos , car quans os ons
    queques Procès

Epis quos les carquons pour prendre nos inte-
    res ,

(1) *Pour toutes fortes de Gens de plume.*
(2) *Pour la Juftice ; leurs façons de terminer*
les Procès.

[50]

Y nos dites toujours ouy os frons chos comme
    y faut,
Mais nos talons tournés y nos pleimes pour
    eux,
Nennos qui fons durer ches Procès chinquante
    ans,
Deutres les menens par los el vid leus priots
    Effans,
Nennos qui faites etous toute suite nos egor-
    gers,
Epis quant os nons pus rien y nos fons ju-
    gers,
De foichon em Sefans ecq ches povres Plai-
    deux
Baillens al Justiffe leus Vaques pour avoirs ches
    queus,
Chelos fond Savoqos qos apelle des Docteux,
Mis cj diq ches des Ros, car y ronguens com-
    me eux ;
(1) Nos etous des Greffiers pour ecrire ches
    Sentenches,
Chelos vientes quoir tretous dench monde-
    chy fans confienches,
Je dit chos, cheq fouvent y font pour de ler-
    gens
Des quofes quin vons poens moins qu'à ruiner
    ches gens,
Chet à dire ecq quant en Juge foes gangner
    quequens,

(1) *La bonne foy des Greffiers.*

Y

[53]

Y boutens leus partos y vons foires leus mê-
   tiers,
Chet à dire qui fons ene tournée dens leus
   cartiers,
Y trotaines den ene rue, pis den deux, pis den
   trois,
Après chos y senrvientes comme si derien
   n'etoit,
Et y nons pocas sitos leus pates den leus moi-
   sons
Quech Rotisleux envoye drieres eux queques
   Capons,
Ech Boucher leus aporte en cartier de Mou-
   tont,
Ech Chertutier vien vîte aveu en boen gan-
   bon,
Ech Boulinger aporte ene mis hotée de pain,
Ech Cabartier aporte sen cos carqué de vin ;
Enfin ches Gens los ons taus & taus de pre-
   sens,
Qu'ils ons sans sacquers rien tous chouq ils
   ons ebsoens ;
Vous dirés pourquoi dons quos leus donne tous
   comme chos,
Jen say poen, mais faut qui neuche des rai-
   sons pour chos ;
Y vons etous à ches Morts foire ches in-
   venters,
Ches enquoir los où y fons bien leus ptiotes
   affoirs,
Ils ons soens de quoisir den ches pus bieux ba-
   gages   E 3   Deu

Den aire grave chouq y faut pour niper leus
    menages ;
Y fons etous pour foire ches contes de ches
    Tuteux,
Epis quoir pour achver de ruiner ches Mi-
    neux,
Je dis ches, cheq cj nen peut parler fava-
    ment,
Car je fus queu pour mes pechers den les pates
    den
Qui mes morbiu rongué pus neft qos rongue
    en os,
Et qui mos agripé jufq al qmife de men dos :
Mais etous qel bon Diu lebniche comme jel
    lefpere,
Y voyeros fi os volle ches Mineux den Lin-
    fere :
(1) J'ay enquoir ches Sergans à vos defigu-
    reres,
Jaimroy ous avoir dix Diables à equor-
    cher,
Car chet quoir ene vermaine qui fons dens
    leus etos
Toutes auffi honnêtes Gens qu'etoit Monfieus
    Judos ;
Leus métiers à eux ches de vidier ches moi-
    fons,
Pis dagriper ches Gens pour les metes en pri-
    fons,

(1) *La probité des Huiffiers.*

[51]

Y cangens ches Sentenches fi chon leus con-
    viens poens ;
(1) Après tous chos nos quoir en troupieux de
    voleux
Sans foy ny fans Loy , quos apelle des Procu-
    reux ,
Chelos fons enquoir pire ecq tous ches Leus-
    aroux ,
Et y nons poens pud ames quen Pou à eux tre-
    tous ,
Leus mêtiers à eux ches de voler à deux mains
Ches Povres , ches Riches , epis ches Veuves
    & ches Orfelins ,
Ifle ruens fur ches Gens comme des Quiens
    enragés ,
Et in les quitens poens quine les euchtes egor-
    gés ,
En en mot , ches des Bêtes qon fay par où les
    prendre ,
Et os frois ene boenne œuvre de les foirs tre-
    tous pendre ;
(2) Y nos des Commiffairs epis etout des Ser-
    gans ,
Ches boens fons quoir commens dens eux
    comme ches Leus blans ;
Y fons etous tretous des lambieux de Juftiffe ,
Ches Commiffairs fons quoir Quiens de qua-
    che del Poliffe ,

(1) *Portrait des Procureurs.*
(2) *La vie & l'intrigue des Commiffaires.*

E 2   Leus

Leus diftrique vos fi loen qui peutes dens leus
    etos
Cafis leus foirs beyers comme des ptiots Ma-
    giftrots ;
Y fons pour empêcher cheux qui fons des ta-
    pages ,
Y peutes etous cachers tous ches maois mena-
    ges ,
Y fons pour bouter ordre à ches libertina-
    ges ,
Et pour foire emfremer ches Fills quin fons
    poens fages ;
Mais y nons ouarde , car ches Moifelles à jufte
    prix
Leus fons caquens par ans mille ecus de pro-
    fit ,
Y nens fors prendre quequenes par fois dens
    leus cartiers ,
Mais chos ches feulment pour leus aprende
    leus mêtiers ;
    quoir des profis ed ches pois ed ches
    anfures ,
Innons etous dche bren & ed ches ramon-
    nurs ,
Ils ons tans qui fons leus moifons entretnus
Par ches Gens de boutiques quos voyés dens
    ches rus ;
Par example , quant y veutes bien baillers à
    maiquers
Et qui voytens qui nons poens grand quofe
    arleiquers ,

Y

[57]

Et ine peutes cafie poens agriper ches vertus ;
Nos pour nos fover des quofes qui fons nef-
        feffairs ,
Bien y les ons cangées & boutées à l'envers ,
Ches Bourgois & ches Geux fuite etous leus
        methode ,
Et nos pus drligion ecq chele ques à leus
        mode ;
(1) Al plache del Foy ils ons pour conduirs
        leus actions
Ene bête quos chens mille geulles quos apelle
        embitions ,
Y faut qel bête los menge par f tête , par ces
        pieds ,
Car al edvore caquens fans être rafafiés ,
Autrefoes an aloit jamois qaveus ches Grands,
Mais achteur à fenfique al moifon de ches
        Marchands ,
A fataque etous à tous ches pus faintes têtes ,
Car affe rue fur ches grands epis fur ches ptiots
        Prêtes ,
Al os tand mechanfté & al eft fi malaines ,
Quas niche etous edfous le partot de ches
        Moennes ,
S nintrique vos fi loen qual lanche etous ches
        trais
Edfur ches Ouvriers epis fur ches Laques ,
Al galope tous partous , al porte etout f rage

(1) *Defcription de l'ambition , où il eft parlé
de tous les états.*

Dens

Dens ches ptiotes Villes , den ches Bourcqs &
    dens ches Vilages ;
Enfin pour miu vous dirs , al pique & mor
    ches Gens
Suivant leus etos & suivant chouq ils ond sens ,
Al focs par foes par s nintrigue ecq ches pu
    geux
Vientes à Paris pu riches ecq ches pus gros
    Monsieus ,
(1) Vlos comme el bête los est, ches los sen
    vray portrait ,
Os êtes petetre en paine de savoir comme al
    foes ,
Bien je menvos vol dire , al vos vir en Por-
    quer ,
(2) Pis à ly dit comme chos , Garchon quite
    ten mequer ,
Ensuite ed ten Hamieux , voten brouter ed
    vie ,
Si tune say poen ouqches bien votent à Paris ,
Ouy chet den chel Ville los ou os pousse ches
    Beudets ,
Et ou tous ches pus riches y ons eté Lacques ,
(3) Quant à ly eux dit chos , al prend par sen
    sarot ,
A ly loye s misere tous dene bote sur sen dos ,

    (1) *Origine des Fermiers Généraux & de*
plusieurs autres Gens de fortune.
    (2) *Satyre sur leur premier état.*
    (3) *L'ambition amene un Porcher à Paris.*

Enquoir fi il aloites drois neroit rien à dire,
Car ech Bourieux vit bien de cheux qui foes
    moirire,
Mais y prenons ches Gens fans les foirs affi-
    ners,
Y pecquens des Sentenches pis y les fons fou-
    flers,
Ches portans defendus, mais ine fen foufiens
    poens,
Car y vendroites quoir ene foes Diu pour de
    lergens ;
(1) Y nos quoir ene riche Rende qui fons moi-
    tes ed chel Mere
Et qui nos fons mengers par foes du pin bien
    quere,
Mais jen dit rien d'eux, car clos n'eft poen
    nefleffaire,
Et quand y froites quoir pire ech nes poen em
    faffoirs,
Jen fus poen ichy pour defigurer ciquens,
Sufit ecq jay triqué ches mechans de ches
    boens.
(2) Je vos ay los aprins à tretous de belles
    quofes,
Et jay bien epluqué ches grate-cu de ches
    rofes ;

(1) *Deux Vers qui s'entendent.*
(2) *Seconde Morale comique que le Curé fait
à fes Paroiffiens, où il prouve burlefquement qu'il
eft très-difficile aux Riches de fe fauver.*

Je

[56]

Je vos ay dij foes virs ecq cheux qui ons des
 biens
Sons casis dench monde-chy ches pus maois
 Quertiens ,
Etnés-vous dons contens den vos etos tre-
 tous ,
Et boutés dens vos têtes qui nennod pire ecq
 vous ,
Comme echlos Emsefans os erés des boen-
 heur ,
Et nos Diu ebniros à tretous vos labeur ,
Si bien ech nes poen ches biens qui nos fons
 fover ,
O contraire ine servens souvens qu'à nos dan-
 ner ,
Os avous mille examples de chouq je vos dit
 los ,
Eslecriturs sons plaines de ches verités los ,
Nos chonq chens mille Riches qui bruites
 comme des Porcheux
Pour avoir avalé tous leus biens empareux ,
Et y sons exposés par leus maoises maingner ,
A cour sans y penser os galos den Linfere ,
Pourquoy chos , cheq y sons alvé dens ches
 plaisirs
Et qui nous poens deutres soens qued leus
 divertis ,
Ine penste poens dutous à Diu ny à ces Sains ,
Y sons toujours ficqués dens ches pus maois
 qmins ,
Ine vons dije jamois droit , tous leus pos sons
 tortus ,
Et

Pis al foes galoper ly epis ces chabos ,
Comme en Quien qui os fain galope après des
  os ,
A forche de gambonner il arive à Paris ,
Il y refte deux trois jours tous comme en
  ebais ,
Après lenbition ly tire fen peu de raifon ,
Après chos à ly foufle al plache de fen poi-
  fon ,
(1) Et à ly baille l'inftin de fennaler planter
Al porte den Riche aveu ene fele pour decro-
  ter ,
Al leffe los queques temps pis à ly dit Gar-
  chonet
Enfiq denl moifon & tache devnir Lacquet ,
Ech Porquer rumaine & y bay leus abillmens ,
Irluque tous leus parures , y bay leus fifion-
  mens ,
Epis y dit den ly morbiu fij vien comme eux ,
Je fray pu bieu Monfieu ecq cheux de ches
  Hamieux ,
Vlos quet bien , il enfique chos o fon des
  chervelle ,
(2) Y fenvos denl cuifaine y lavende el voi-
  chelle ,
Ifle foes bien vnir de tous , il os ed fatentions ,
Y fere chelos qui fertes , y foes leus commif-
  fions ,

(1) *L'ambition fait fon Porcher Décroteur.*
(2) *L'ambition fait fon Porcher Marmiton.*

Tant

(1) Tant quenfin y foes tant de fen cu & ds
     tête,
Qui parvien à avoir en abit & en Moete,
Quant il os ches deux los irluque fen fifion-
     ment,
Y croit qu'il eft quequofe ifle foes des com-
     plimens,
Y refte comme chos queque temps chermé
     den poen être mort,
Lenbition vien & ly dit Garchon pouffe ten
     for,
Tu peut vnir puq tu eft, bay toujours odfud ty,
Claque tes yus fur ten Moete & tache devnir
     comme ly,
Chos net poen mal aifié il etoit bfeud fagos,
(2) Et il eft vnu comme ty chy aveu des cha-
     bos,
Foes-ly & cour & tu voyros quit fros inftruire,
It fros te dije aprendre à lire & à ecrire,
Achter & à conter tun fros pus en Beudet,
Et tu pouros grinper peu à peu comme il eft,
Ech Lacquet fuis de poen en poen chouq al y
     dit,
Y rongue f. Ouvriers, fen Moete voy chos &
     dit,
Im fanne queche Lacquet los en manqrot poen
     d'efpris,

(1) *L'ambition fait fon Porcher Laquais.*
(2) *L'ambition donne des confeils à fon La-*
quais pour pouffer fa fortune.

Le vlos dejos qui menge cheux qui travailles
    pour mis ,
Faut ly bailler en Moete ej nen fray en Com-
    mis ,
Quant y feros voler y fros bien men profit ,
Sen Moete foes chouq y dit , y ly monftre fen
    teine ,
Y ly aprent dij comme y faut voler ly-même ;
Il lafecqtionne & y nen foes endmis Mon-
    fieu ,
(1) Pis quant y fay quequofe il campe den fen
    Buricux ,
Sitôt qech Laquet eft los y ly vien du fens ,
Y foel bien de fen Moete , y noublie poen le
    fiens ,
Après y facoutume à voler tous caquens ,
Tanq enfin y vien riche par mille livres & par
    chens ,
Après quos il aquate moifons & faingneu-
    ris ,
(2) Iffe boute dens ches Finances y vien Fer-
    mier auffis ,
Quant il eft dens ches Fermes lenbition fmet
    fur ly ,
A nel quite pus du tout , al talone jour &
    nuit ,

   (1) *L'ambition fait fon Laquais Commis , &*
par conféquent voleur.
   (2) *L'ambition conduit fon Commis dans les*
Finances & dans les Fermes.

E   A

A ly dit dens oyreilles tu eft en riche vo-
leux,
Tu os bien queu dergens tu peut grinper pu
eux,
(1) Bay ciquens ed côté, foite rendre anc-
blis,
Ten Pere tos foes Porquer, bien foes ten Fiu
Marquis,
Tu peut marier & etous aocquer & Fille
Aveu en Saingneur ou en Gouverneux ed
Ville,
Tos chouq y faut pour chos, car in faut qued
lergens,
Net foufli poen fi ten Gende & bay comme
du bren,
Votent toujours ten qmin, pille, vole, apripe
du bien,
Boute echty de ten Roy de ches Gens aveul
tien,
Tous chos nenpechros poen quo net faque fen
capieux,
(2) Et qu'on tapelle gro & long comme ten
bros Monfieu,
Car voy-tu achteur nos ecq cheux quons de
lergens

(1) *L'ambition lui confeille de fe faire noble,
& de marier fa Fille à un Seigneur, & furtout
de ne pas ceffer de voler.*
(2) *L'ambition lui expofe les honneurs que l'on
lui fera rapport à fon bien.*

A

[63]

A qui os foes boene mainé & qui fons d'hon-
     nêtes gens ,
Os voye même ches pus fages planter los el
     vertus ,
A caufe qal os fouvens fen povre cu tous
     nus ,
Amaffe dont S. net laffe poen dentaffer fans
     ceffes ,
Car os mfuros l'honneur quot fros à tes ri-
     cheffes ,
Pus tunneros & pus tu voyeros tous caquens
S foire bien nir de ty & foire des compli-
     mens ,
Foes vnir etous ichy tes Freres & tes Cou-
     fins ,
Aprens les tous comme ty à volers à deux
     mains ,
(1) Epis quant tu voyros qui frons aprochant
     comme ty ,
Teros foen det foire foire ene Gealogie ,
(2) Tut pouros foire paffer fi tu os de l'efprit ,
En leffiant los ten Pere , pour le Fiu den Mar-
     quis ,
Tun fros poen le premier , car nennos pud dix
     mille
Comme los tans à Paris ecq den ches autres
     Villes ,

(1) *L'ambition lui dit de fe faire faire une
Généalogie.*
(2) *L'ambition lui infpire l'orgueil.*

     Chos

Chos n'eft poen mal ayfié , tu trouvros des
    Savans

Quit frons fi tu voeut noble edpuis pud cherq
    chens ans ,

Y nenos même capable det foire droit comme
    en i

Dechende pour & nergent denc des côtes de
    St. Louis ,

Sitôt ecq tu fros noble turfrignros ten mu-
    fieux ,

Tun bayros poen en povre quit facqros fen
    capieux ,

Tu marchros den ches rus comme fi tetoit que-
    quens ,

Tu bayros tous ches Gens comme fi chetoit
    du bren ,

Teros toujours trois quate grands Lacques
    driere ty ,

(1) Tu quantros game ach Povre qui dedman-
    dros f vie ,

Si chet en viu tu ly mandros den aire me-
    chans

A quoy il os paffé f vie den fen jonne
    tans ,

Mais fi chet en jonne qui redmande tu ly
    diras ,

Qene travaille-tu putôt qed foire ech môtier
    los ,

Si chet en eftropié en bay poen f figure ,

(1) *L'ambition lui défend la Charité.*

E

[65]

Et penſſe den ty ecq chet el bren de chel na-
  ture ,
En ſuivant chouq je dit tu trouvros moyen
Davoir raiſon den ty & den poen donnés
  rien ,
(1) Tiros den Legliſe ſans y porter & neſprit ,
Tu ouiyros ches Meſſes comme par maingner
  daquit ,
Si nos quequens pred ty tu contros des go-
  gnetes ,
Ou tu tournros & tête comme tu voy ches
  giroites ,
Tune bayeros poen Lhotelle ny ech Prête en
  moment ,
Teros tes yus fiqué al porte le pu ſouvent ,
Et quant il entreros queques perſonnes de ten
  rens ,
Tourne vîte ten dos à Diu ſoes leus des ſalu-
  mens ,
Si chet des Femmes tiros leus foires des com-
  plimens ,
Tu leus diros qu'ils ons des bieux aguſte-
  mens ,
Qu'ils ons del bieuté & qu'ils ons de lemboen-
  poent ,
Ecq tous leus harnachurs vons à leus fiſionn-
  mens ;

(1) *L'ambition le mene dans l'Egliſe ſans*
qu'il ſçache qu'il y eſt, ou pour faire mille extra-
vagances.

F 3   Tu

[66]

Tu diros des fotifes dch ty chy ed cheuz
    los,
Et enfin tu contros chens mille galimatios,
Ricanne, babille comme los tans ecq durros
    el Mefle,
(1) Ene vos poen os Sermon, ene vos poen al
    Confeffe,
Ene penffe poen à Diu, & meft toujours derr
    nefprit
Quin faut pour & fover qu'en feul boen *per-*
    quavic,
Songe at bien divertir, paffe joyeufment &
    vie,
Dor el mitant du jour, cour comme ches Qes
    el nuit,
Focs en Diu de ten corps, & ene penffe poen
    at name,
Enrichy tes Maîtreffes, focs endiabler &
    Femme,
Votent à Loperos, votent al Commedie,
Net fouffi poen fi os y jus le rôle det vie,
Eu en mot, boes & mainge & neux poen deu-
    tres foens
Qed chercher des plaifirs pour affouffirs tes
    fens,
Imite ches riches Geux quant os veros ded-
    mander,

(1) *L'ambition lui défend de faire aucunes
bonnes œuvres & elle lui commande toutes fortes
de vices.*

Foes vnir chens foes edvant & lecher abor-
    det ,

Ene parle à perfonnes quant frois des Gens det
    netos ,

Ecq tu neut prin edvant en aire de Magif-
    tros ,

Tu fros peur à ches Poves , y nodrons dire
    en mot ,

Tu les apelros bêtes en leus tournant cen
    dos ,

Si chet des Ouvriers y nodrons poen rien
    dirs ,

Si chet des Créanciers y nodrons poens rev-
    nirs ,

Si tu parle à quequens en peu moin riche ecq
    ty ,

Foes chinquante contorfions , dit en nan pout
    en ouy ,

Tu voyeros quos nodros poen & foie re-
    peter ,

Et chet del maingaer los ecq tut fros ref-
    pecter ,

(1) Tu diros , mais jouq ecq ches Saingneurs
    fons comme chos ,

Nans y nefle fertés poens de tous ches main-
    gners los ,

Quant quequens vos dens leus Hôtelles pour
    leus parlex ,

(1) *Comparaifon que l'ambition fait des Sei-*
gneurs à ces Gueux annoblis.

Si

Si ches Lacques leus dites y vos fons vîté aplers,
Y nesle fons poens pour chos tirers leus deux oyreilles,
Et y parles à ches Poves comme aveu leus pareilles,
Y nons poens de fiertés y rcheutes bien caquens,
Pourquoy chos, cheq y saites chouq est du à leus rens ;
Mais ty chet different, car voy-tu & Noblesse
Est enquoir offi neuve quen Livre quest fous chel presse,
Y faut apsolument ecq tu foiche chouq ej dit,
Si tu vœut quos eux en peu de respect pour ty,
Alon compose & mainne rente bien orguilleux,
Traîne par tous aveu ty ches pechers capiteux,
Quant tul feros en croupe sur ten dos tu voyeros
Qon penssros presq pus à ten premier etos ;
Inpose nen à toul monde, etudie bien ten teme,
Foes croire ecq test queqose, & croil etout ty même,
Foete quoir bayer par ches Geux ecmme os bay ches Roys,

Cher

Chet ayfié , car tu peut difpofer des Em-
    ploix ,
Ches Roys ons des Ermés & des Peuples od-
    fous d'eux ,
Tu peut ctout avoir fous ty ch en mille Vo-
    leux ,
Os bay ches Roys dench monde comme des
        Dius fur el tere ,
Parchqui peutes enrichirs ou bouter denl mi-
        fere ,
Bien fan comparaifon tu eft cafie comme eux ,
Car tu peut quant tu vœut foire des Riches ou
        des Geux ;
Diu os quoir mis ches Roys pour maintnir
        lecquité ,
Et pour foire du bien à cheux qui lons me-
        rité ,
Bien ty enc fuis poen chos , meprife tous ches
        grandes ames ,
Et nenrichis ecq cheus qeurons des belles
        Femmes ,
Le refte je tel ay dit , fuis tous de poers en
        poens ,
Et furtout noublie poen dagriper de ler-
        gens ;
(1) Bien vlos quos vnés daouirs chouq el bête
        los fay dire ,

(1) *Troifiéme Morale que le Curé fait à fes*
Paroiffiens , où il leur fait voir le ridicule de ce
que l'ambition vient de dire à fon Porcher.

Difemes

Difemes en peu neroites-vous poens envis del
    fuire ,
Ene vos prens-ty poen los dens vos panches
    queques envis
De troters fans rien dire den chel Vile de
    Paris ,
Ene penflés-vous poens ecq cacquens peut
    feheucher ,
O faite de ches richeffes comme ech Mon-
    fieur Porquer ,
Ene dites-vous poens dens vous faut miu ête
    riche voleux
Dench monde ichy ecq d'être en honorable
    Geux ,
En vos inmaginés-vous poens dens vos inf-
    tins
Qel maoife bête los eft Moîtreffe de nos
    deftins ,
Nan morbiu ches neft poen , car pour en qal
    aidtos
A grimper en molet par edfus f netos
Y nenos trente cheas mille qal'erpes de chi-
    mers ,
Et qal emvoye aveu feus idées den Linfere ,
Al os fen pouvoir fi borné qan peut jamois
Ecq nos foire foire tans quos vivons dhinutils
    fouhois ,
Et comme al eft el mere de toutes fortes de
    pechers ,
Ane cherche poen autre quofe qa nos en foire
    carquers ,

Ainfi

Ainſſi croyeme fuielle comme os fuis ene Ga-
    leuſe,

Et ouardés-vous delle comme dene maoiſe
    bête wimeuſe,

Ouardés dij qan vos racque de ſen maois poy-
    ſons,

Car molet à molet al mengroit vos raiſons,

Epis al froit de vous comme al foes de toul
    feutres,

Chet à dire qal meroit etout vos ames à pieu-
    tres,

Foitel dont denicher ariere de vos moiſons,

Si aſſe boute edſur vous rouel de queud bâ-
    tons,

Nel aperdés poens, car à nodros ſerberquer,

A neſt moîtreſſe qed cheux qui nel ſaites
    poens cacher,

Ene foes qos fr és evnus à bout dl foire en-
    fuire,

Si os tnés toujours boen à nodros poen re-
    vnir,

Ene neuchés poen dennuit, car chet en diabe
    ed Leu

Quin maingne poen pud ergens ecq nen
    maingne en Crapeux,

Ene vos amuſés poens nenpus à maleguers

Quej vos ay dit qal os foes Fermiers des Porc-
    quers,

Car je vos ay dit chos ſelment pour à ſal
    fin

Qos connoiſſeches comme mis ces quins &
    ces racquins,   D 4

Du reste ech n'est poen elle quet moîtresse de
    ches biens ,
(1) Chet ene qos nomme Fortene qes sans
    yus qui les tiens ,
Lenbition , ach qos dis , n'est oprès de chel-
    los
Ecq chouq en ptiot Vicaire est près den grand
    Prelot ,
Dumoin cheux de ches Viles croyen tretous
    boenment
Qal pisse de l'or tout pure & qal qui de ler-
    gens ,
A cause de chos , il baytes comme ches Divi-
    nités ,
Y ly draichtes eds hôtelles sans nombre & tous
    côtés ,
Stapendant morbiu ane merite poen selment
Qo ly clacque den sen becque le moindre
    errons de bren ,
Pourquoy ches jous chos , cheq chet ene diable
    de tête folle
Qui n'est poen pu contente ecq quan al ca-
    briolle ,
Al est toujours grimpée tous comme ene
    grande jument
Edsur ene reux qui tourne comme en moulin à
    vent ,
Aveu chos al os tans de caprices dens chervelle ,

(1) *Déscription comique & burlesque de la*
Fortune, où il est parlé de tous ces caprices.

Qal foes endiabler tous cheux qui faocques à
    elle ,
Suivant comme fen ros tourne à vos rus den
    ches Beux ,
Sans dire gare los chelos qal os grimpés bien
    eux ,
Ou fi y vien à poen ol foes ennuis Monfieus
Chelos qetoites hier les Roys de tous ches
    Geux ,
Os dit etout qal foes enrager tous ches
    Grands ,
Qu'à les foes galoper par foes des quarante
    ans
De Poyis en Poyis al tête ed ches Sermés ,
Pis à les recompenffes quand y fons affom-
    més ,
Ou à les foes grimpers pour miu vos foirs
    aouire ,
Toute enheux ds grande reux à leus derins
    foupirs ,
Nennos enquoir qui dites ecq quan al donne
    ces biens,
Qa les rus à des Bêtes ou à des Gens de
    rien ,
In meft poen poffible de vos dire fi chos eft
    vray ,
Mais je menvos du moins vos aprendre chouq
    je fay ,
Jem fouvient ecq jay vue bien des Gens à
    faros ,
Avoir des bieux abis galonnés fur leus dos ,

G   J'ay

J'ay vue etous de cheux qui courres entre deux
    reux
Agriper des caroches en trois pos & deux
    feux ;
Enfin j'ay vue en tos de Clabeux de provin-
    ces
Foire bien pu belle figure à Paris ecq d'es
    Princes ,
Mais chos passe em portée , & jen say poen
    boennemens
Si chet chel minon goute qui leus quis de ler-
    gens ,
Je n'ay poen même envie dalanbiquer mes
    fens
Pour aprendre os jufte fi à leus foes ches pre-
    fens ,
Jem coutente de favoir qel bon Diu os foes
    tous ,
Et qu'il eft emparly le moîte de nous tretous ;
Et je diray toujours tans qem langue ferm'u-
    ros ,
Qui nos ecq ly feul qui peut canger nos etos ,
Quoyq chos je nempêche poen à ches Gens
    de ches Villes
Dedmander al Fortene des chens epis des
    milles ,
Ny jen leus defens poens de cour comme des
    Barbets ,
Tant qui vourons tretous après ces bieux bien
    foes ,
Ches leus affoirs y peutes aler gober des Mou-
    ques ,   Et

Et atende fi y veutes qa leus foire dens leus
    bouques,
Y fons tretous leus moîte, mis jen men foufſi
    poen,
Mais pour vous em Sefans ches en autre dife-
    rent,
Jen veut poen qos aleches troter fans favoir
    ous,
Après ene béte qui neſt ecq denl tête de ches
    fous;
[1] Et tant qej fray envie je diray os favés
Ecq Diu nos os baillés ed fames pour les fo-
    vers,
On les fauves morbiu poen en paſſant toute f
    vie
A chercher des richeſſes denc maoife aca-
    bie,
Ech n'eſt quen alans droit comme le bon Diu
    nos dit,
Et en fuivans tous chouq Lecriture nos pref-
    cris,
Bien des Gens em dirons, mais ejouq Lecri-
    ture,
Si os nous rien du tous nos baros nos pâture,
Nan an nos baille rien, mais à nos avertis
Qos avons caquens dix doits pour gagner nos
    vis,

[1] *Quatriéme Morale que le Curé fait à fes
P roiſſiens, où il fait voir l'inutilité des richeſſes
en rendant tous les Hommes égaux.*

G 2   Al

Al dit quoir ecq quan en Qertien os ces ptiots
    bfoens ,
Ecq tout l'or du monde doit ly être indife-
    rens ,
Al os raifon , car fi os avoimes de l'efprit ,
Os penffroimes qon fommes poen nés pour
    ech monde chy ,
Os penffroimes dije fans ceffe à toute heure &
    fans fin ,
Quo nonnalons alors qos y penffons le moin ,
Os penffroimes quoir qos vnons dench monde
    ichy tous nus ,
Et qos nenportons oire qen drapieux à nos
    cus ,
Ches des verités chos , nos poen à aleguers ,
Ches Roys naîtes & fenvons toudmême com-
    me ches Eerquers ,
Et qan os nos trouvons tous den troupieux la-
    heux ,
Inne nos mande poen fi os ons eté riche ou
    geux ,
Y qmenche fans marqander & fan rien dire du
    tous ,
A prendre ces deux balanches pour nos poifiers
    tretous ,
Après chos vlos qui met den coté nos bgen-
    tés ,
Y met etout edmême de leutre nos mechanf-
    tés ,
Après y poife fi ech coté geuche vos en-
    heux ,

Y

[77]

Y dit alés-vous en aveu ches Bienhereux ,
Mais toute o contraire fi y voye qui traîne à
     terre ,
Y dit alés-vous ens maudites raffe den Lin-
     fere ,
Cheux qui fons hereux ches Anges les vientes
     vifiters ,
Cheux qui fons dannés ches Diables les vien-
     tes emporters ,
Et ils ons bieux braire & bieu foirs des beu-
     glemens ,
Diu naouy goute & y fen tien à ces juge-
     mens ,
Chet à dire qui fons los pour ene eternité
Punis à proportion dch qu'ils ons merités ,
Et quant ils eroites tous l'or qui nos dench
     Perous ,
Y neroites poens pour chos en feul moment
     pu doux ,
Pourquoy ches jous dont foire qos afpire de
     lergent ,
Chet dont pour trouver affe danner pus ayfe-
     ment ,
Ou bien fi os voulés ches pour pouvoir mar-
     cher
De pere à compangnon aveu ches vius pe-
     chers ,
[1] Car nos poen affe tromper ches boens ti-

[1] *Il parle de l'avarice des Riches , il faty-*
rife leur pareffe & leur moleffe , ainfi que tous
leurs autres vices.   ches

ches fons bien rare ,
Les ens fons tros prodigue, les eutres fons tros
avare ,
Y fons prodigues fouvens pour des plaifirs
honteux ,
Et y fons avars pour ches povres malheu-
reux ,
Inc fons poen en moment ches moite de leus
actions ,
Tanq leus vis dure y fons efclaves de ches
paffions ,
Ou pour miu dire , y fons fi feux de tous de-
lices
Ecq pour les contenters fouroit des nouvieux
vices ,
Par example , fans tous ches pechers qos con-
noiffons ,
Innons toujours en tos fouré dens leus moi-
fons ,
Ils ons comme nous pecher mortelle & capi-
teux ,
Sans chelos innons quoir qui fons exprès pour
eux ,
El pareffe leus en foure à caquens dens leus
pieux
Otant qui nen pouroit etnir den en batieux ,
Ils ons caquoir d'autres bêtes qui fons de leus
amis ,
Qui leus fons foirs chens qofes pour acour-
chir leus vis ,
Lenbition les talonne denc fi diable de fou-
chon ,   Qu'a

Qan leus leche morbiu poen ene my onche de
    raifon,
El moleſſe les reduis den en ſi povre etos
Qa vingt ans ine peutes pus caſis ermuer leus
    bros,
Y faut les harnachers, faut les deharnachers,
Faut les triners par tous & leus foires à mac-
    quers,
Y nous poens le coyrage de marcher fur leus
    pieds,
Ine peutes poens fournir leus qmifes qant y
    veutes pifiers;
Enfin ſi os voyoites leus alurs & leus mai-
    nes,
Os diroites ches Hommes los fons comme des
    vray machaines,
Qoyq chos y fons tretous ſi gonflés deh lor-
    geuille,
Qui baites caſis tous cacquens de maoife
    oeuille
Tous cacquens, chet o dire, cheux qui croites
    odfous d'eux,
Car à ches Saingneurs y fons des baſſeſſes de
    geux,
Stapendant lorgeuille eſt ſi abominable
Ecq chet elle qos tée caufe ecq Diu os foes
    des Diables,
Aveu chos y fons quoir ſi plain de vanitée,
Qui croites foire grace al tere de fen lecher
    portée,
Et à caufe qui fons à labris de chel mi-
    fere,   Ille

[80]

Ifle croites dene autre pare Qadam nos pre-
    mier pere,
Ils ons ereus leus Femmes fi remplies d'amour
    propre,
Quine fons poens en pos fans deux maquoirs
    lene fur leutre,
Mais dens ches Villes os dit ecq chet leus or-
    dinairs,
Et qei bon Diu os foes ches Oyfieux los pour
    plairs,
Mis jeu fay poens chos, mais chouq je trouve
    de honteux,
[1] Ches ed vir tous ches Hommes prendre
    patron fur eux ;
Os voy des vius berneux foire chinquante
    mille figurs,
Et paffer des trois heurs après leus harna-
    churs,
Os dirés mais ecqment dont tout chos f peut-
    ty,
Os fommes à nos carus en fortans de nos
    lit,
Innos faut quen qardheure fitôt qos fommes
    embos
Pour prier Diu epis pour harnachers nos Gue-
    vos,
Chouq os dites los eft vray, mais vous tous
    tans qos êtes,

    [1] *Satyre des plus mordante contre les vieux*
Coquets.

Os foites vos affoirs comme Diu vos os baillé
     l'êtes,
Si os êtes eborgnés os vos tnés eborgnés,
Si os êtes tortignés os reſtés tortignés,
Si ves dos ſons bochus os les lechés bochus,
Si vos gambes ſons tortus os galopés tortus ;
Mais Emſeſans ches Riches ches ed ſeutres
     diferens,
Faut bouter à ches Vius edvans ſortir des
     dens,
Enſuite qant ches foes, faut ratincher leus
     macquoirs,
Si y ſons eborgnés ils ons ed fyus ed voirs,
Si y ſons de côté, ſi leus dos ſons bochus,
Os leus boutes ed affoirs qui les rentes moins
     tortus,
Si ils ons leus gambes ſecques çomme cheux
     de ches Mulets,
Ebien pour leus argent os leus foes des mo-
     lets,
Os voyés bien ecq pour leus affuters tous
     chos
Qui faut otaut de tans ecq pour ferer vingt
     Gvos,
[1] Mais ech net poen los tous, ches jonnes
     ſons enquoir pires,
Et os alés rire de chouque je ves vos di-
     res,
Y ſons ordinairmens enfiqués dens leus lits

[1] *Satyre contre les Marionnettes du temps.*

H   Edpuis

Edpuis deux heurs del nuit jusqu'à qui vien
    midis ,
Qant il est ech leur los y mainguites leus ma-
    quoirs ,
Après chos ils avaintes de leus poches des mi-
    loirs ,
Epis y baytes leus mainnes omoin ene demy-
    heure ,
Si y croites qui sons bieux y prentes ene belle
    humeur ,
Et quant ils ons aprins par cœur chens sotes
    figurs ,
Y fous grimper leus Gens pour metes leus
    harnachurs ,
Os favés ecq j'ay dit qui faut les abillers
Comme des Effans , jusqu'à leus bouters leus
    feuillers ,
Ebien qant ches foes os les maine à leus toil-
    letes ,
Os les tourne , os les maingne tous comme
    des Marionnetes ,
Os leus foes à leus gueveux chonq chens mille
    tortignurs ,
Os etens ed fougans partous fur leus figurs ,
Ches ongaus los fous foes aveu de si belles
    qofes ,
Qui toutes cheles couleur de bren bieu com-
    me des rofes ,
Os leus atacques qoir à l'environ de leus bouc-
    ques
Ed feutres piotes affoirs qos apellens des
    mouques ,   De

De foichon ecq fi os les voyoites affutés,
Os les perdroites tretous pour des curiofi-
  tés
Qant os les os blancquis, rougis & ecqui-
  pés,
Qos les os barbouillés comme os foes ches
  poupés,
Os leus montres à qanter, à danfers, à mar-
  chers,
Os les foes rengorgers, os les foes entre-
  chers,
Os leus foes foirs chens tours, galoper & tro-
  ters
Comme des Guevos de manege qos aprens à
  porters ;
Enfin os leus aprens toute forte de mani-
  gances,
Pour bailler en air grand à leus eftrava-
  gances,
Qant os leus os montré tous ches pur rares
  folies,
Et qos les os rendus patrons de Comme-
  dies,
Os les foes denichers or de leus apart-
  mens,
Epis chens fos comme eux vientes leus foire
  complimens,
[1] Cheux qui vientes pour macquer fors
  chens feremonis,

[1] *Les Parafites.*

Y

Y leus fons croire, quoyq fous, qui fons bouf-
    fis d'efprits,
Chelos den ren odfus ons tretous fi peu da-
    mes,
Qui leus dites chouq os dit de pus fos à ches
    Femmes,
En en mot, on ceffe poen de les compli-
    menters,
Ecq qant os s'eft bouré & qos les vos quit-
    ters,
Qant y vons ftir leus pates y nos rien de pus
    arolle,
In fons poens en feul pos fans foire ene ca-
    briolle,
Y vons comme ches Cos peur de marcher den
    ches beux,
Si y fertournens y fons dene pieche comme
    ches Leus,
Chos cheq ils ons peur de chiffonners leus
    parures,
Ou bien de deringer qeqefes à leus fri-
    fars ;
Car voyés-vous y vons tretous tous tans qui
    fons
Quetros des complimens de moifons en moi-
    fons,
Y fons abitués à ches betifes qos leus dis,
Cnet los le pu breux & le pu noble de leus
    vis,
Et le pu fenffé d'eux croit pris de chagrin
De perde en compliment qed perde eue de
    ces mains,   Ches

Ches chos qui foes qui metes tous leus foens
  affe garers
De ches moindres qofes qui peutes les deffi-
  gureres,
Y peftens qoir affés contre chouq Diu os
  foes,
Tés tans qu'il envoiche bieu ou lait chos leus
  deplais,
Si y foes du folcille y muchtes leus mu-
  fieux,
Peur quin foiche couler leus ongans or de leus
  pieux,
Si Diu envoye des vens bieu y leus fons in-
  jurs,
Et tous leus nuis dench monde, même jufqâ
  leus figurs,
En en mot, fouroit pour contenter leus ef-
  prits
Qel bon Diu conduiche ech monde à leus
  fantaifis,
Qoy ches jous qui foes chos, cheq y nons
  poens de Foy,
Et ecq ches vices & ches paffions fons tous
  leus Loix,
Ol faleuves tous tomme j'ay dejos dis de foi-
  chon
Qa foifante ans y nons poens en gros de rai-
  fon,
Chos foes ecq qant y voites qecq perfonnes
  qui vit bien,
Qui fuis f Nerligion & fen dvoir de Qer-
  tien,   I   V

A fers tous chouq y peutes pour les tourner
    comme eux,
(1) Y fers dites taut leffer prier Diu à ches
    Geux,
Y fons tous taus qui fons foss pour avoir du
    mos,
Et etous pour paffer leus vis den luntires.
Nos Diu les os fons meftre pour vivres den chel
    mitère,
In faites pocu chouq chet de plaifir, ny de
    boenn chere,
Muis nous qui ons des biers es femmes ouus
    comme ly,
Et es pouvons faire en Paradis dch monde
    chy,
Y leus dites chent raifons offi belles ecq ches
    les,
Et fu un congres poens, y vos les plantes les,
Y fous craus de tous cheux qui fers des bonn-
    nes œuvres,
Et comme j'vy dit, Diu n'eft paid ecq par ches
    fourres,
(2) Au çou dch n'eft ecq gaut es êtes den chel
    mifere.

(1) Y fignre que les pauves Pilchis tournent tou-
chant Diu à la Pauvre.

(2) Voltre que les Pauvres fous à l'An quand
ils font dans la prise, où le Curé vout pas de
payer les richeffes & mene les Paroiffens fi ils en
veulent.

                                        Donch

Dench tns los os ly dites, acoutés Diu nos
    pere,
Ches vous qui avez fors ech ciel el tere ech
    londe,
Os tnés avons en doit les quttes quins deh
    monde,
Os voyïs chouq iffe passe jusqo fons de nos
    cœurs,
Y nos ocq vous bon Diu qui peut faire nos
    bonheur,
Ches vous qui fotes ches Riches, ches vous
    qui iêtes ches Ceux,
Ches vous qui nos rendés heurux ou malhe-
    reux,
Ches vous qui distribués & qui donnés ches
    biens,
Os pofsedés toutes qofes, nos laissés poens sans
    riens,
Baillé-nous des richesses eu virrons dench
    monde chy
Pour vos aimer & pour gagner vos Para-
    dis,
Os barons à menger à cheux quinnerons
    poens,
Os verrons atouc cheux quinnerons de-
    bforc,
Os cauchrons & coffrons cheles qui erons
    forts,
En en mot, os voyerés qos feirons des quins
    ...,
A force de dire à Diu qos fres de bonnes
    actions,   I 2   Y

⹏ vos envoye ces graces & ces benedic-
    tions,
Y vos tire del misere, y vos envoye des
    biens,
Letnés-vous de deux jours os nexcutés riens,
Onne pensśés pus à ly & os vos enrêtés
Ecq chouq y vos envoye ecq cheq ol me-
    rités,
On voulés pus croire qui vos os tiré de
    paines,
Vos promesses edvientes des promesses de
    Capitaines;
Enfin pour lermercier erconnoître ces boen-
    tés,
Os vivés comme ches Riches dens ches ini-
    quités,
Ej vos ay dejos dit, & jel repete enqoir,
Ecq ches richesses sons causes qos alons den
    Linfere,
Cheux qui les possedes bien acquis ou mal
    acquis,
Ene pourons poens trouver l qmin dch Pa-
    radis;
Diu dit qui faut qen Riche passe denl treux
    den aguille
Pour être fové, & chos, chos est dens Ne-
    vangille;
Ainsi Emsefans si qequens de vous viens
    riche,
Donnés, foites prier pour vous, ene fuchés
    poens chiches,

Car

Car ma foy os irés tout droit & fans foy-
    chons ,
Bruler den en endroit où ecq ches pus gros
    fons ;
(1) Os dirés pourqoy dont vos adrechés-vous
    à nous ,
Qen parlés-vous de tous chelos qui fons com-
    me vous ,
Par example , qen parlés-vous de ches gras
    Chennoines ,
Qen tapés-vous den vos Sermon tous ches
    riches Moines ,
Ches Gens los nons-ty poens à menger empar
    eux
Chouq y faut pour norir ene famille & même
    deux ,
Nons-ty poens fans rien foire toutes fortes
    dens leus moifons ,
Pendant qen travaillans onne mengons qed
    foygnons ;
Enfin n'eft jous poens eux qui poffedes ches
    bieux biens ,
Pendant qed nobles Gens fons bien fouvens
    fans riens ;
Qen tapés-vous étous , pifqo fapés ches vices ,
Tous chelos qui poffedes ches pus gros Bene-
    fices ,

(1) *Le Curé fait parler ici fes Paroiffiens ,
pour avoir occafion de dire des vérités Eccléfiaf-
tiques.*

Ches

Ches Gens los & ches Moines sons-ty foet
    dench monde chy
Pour avoir tous leus aifes & pour vivre sans
    souffe,
Diu ene dit-y pas qair ques femmes nos tro-
    ... ...,
Et qui font foulager cheux qui fons dens ches
    misères,
El fons-ty ch'is Gars los, eux qui prechos fi
    bien
Qui fon pour nos fœurs ques ... tous
    nos biens,
Qu'n Pove vaiche ... flater à leus moulin lo
    moine,
Y ly fons grace, difant qu'l bon Diu ly en
    d... ,
Ches jous les ... raifon, ches jous les ene
    ... ...,
Et chens ... ...che ...plite ty el parche d'in
    Pove,
Non morbiu, ch n'ell pœn comme les gos
    ...
Elle Loix de nos Diu & gos gangne f'n
    Paradis,
Pifqui font tous qui fons les Ministres de nos
    Temples,
Il est ... qui nos ... de ...
    comptes;
Oh ... ... qu'a fait ... nos ...
    ...
A ... , & qui fait ... ...
    ... ,

Et nous os vos dirons fans aler cour bien
    loen,
Qos apevrions à nos Effans chouq y eft boen,
Os leus apexlons à prier foir & matin,
Os leus inouirous nous-mèmes à aller leus
    drein quin,
Inc faut poens leus dire de foire l bien, o cou-
    tuire,
Y ly fons tous portés parch qui nol voites
    foire,
Y nos voites ebfongnius, y fons tous comme
    leus Peres,
Nos Filles fons etous chouq y voites foire à
    leus Meres;
Enfin pour coper cour & neibouter fir
    vous,
On croyrons jamois qos vivés fi bien cq
    nous,
Chou ayfié à prouvés, car nous fi os mon-
    gons
Ol gangnous tous tans qos fommes al faveur
    de nos fions,
Enqoir qoyqos perdons de lieu & du pain
    bis,
Pendant ecq vous tans qos êtes os paffés vos
    vis
A vos deliquars, à choyers vos priofos,
Et à maquer comme fix den en feul de vor
    rpos,
Tous vos inquietude eft chel de foire boeune
    chere.

On

On favés poens de qués couleur eft chel mi-
    fere,
Os navés jamois frois , os navés jamois
    fains ,
Os navés jamois bfoens , vos ventes fons tou-
    jours plains ,
Ches Moines ons comme ches Princes , Ca-
    tieux & Saingneuris ,
Ils ons des belles Moifons , ils ons des Me-
    teris ;
Enfin ils ons tous , comme os avons dejos
    dis ,
De toutes fortes à foifons pour bien paffer leus
    vis ,
Ils leus eft ayfié de nos precquer l mifere
Pendant qu'ils ons chouq y nos de boens fur l
    tere ,
Enqoir fi ils etoites comme denl qmenche-
    ment dl Loix ,
Os croyroimes tretous chouq y nos dites de
    boenne foy ,
Mais ma foy tans qui frons riches tous com-
    me des crefus ,
Et qui cherchrons à meftre ecus edfur ecus ,
Os leus dirons tous nets qos nel facoutons
    poens ,
Et qos nos tnons à chouq Diu dit dens ces
    Qmandemens ,
Y nons qa bayer comme vivoites tous ches
    Apôtres ,
Morbiu ches faintes Gens los travailloites
    comme l fautres ;   V

Y naloites poens nelpar queter pour qos leus
 doumes ,
Et in vouloites poen vivre os depens de per-
 sonnes ,
Bien o contraire qant ils avoites ganguds
 chonq feux
Y couroites nen donner 1 mitans à ches
 Geux ,
Iffe paffoites de menger , même des journées
 eutiere ,
Pour 1 bailler à cheux qui favoites deul mi-
 fere ,
Y paffoites etous leus journées à travail-
 lers ,
Et leus nuis ils paffoites à prier & vei-
 lers ,
Etous etoites-ty fec tous comme de fefeqes
 leves ,
E y navoites poens pus de greffe qed folome-
 tes ,
Qés diference , chen Moines fous gros comme
 des Montous ,
Et le pus maigre d'eux os o moin trois mou-
 tous ;
Il est vray al bien prendre ecq ches Gens dah
 tans los
Nebfoites poens tans d'honneur à Leglife
 ecq chelos ,
Mais ma foy tous conté , y vivoites de bonne
 foy ,

Y montroites eux-mêmes comme y faut vivre
    den nos Loix ,
Ils croites niu aimé moirir qant y pre-
    qoites ,
Ecq den pnen foire eux-mêmes tous chouq ils
    enseignoites ;
Ches Moines nos dites sans cesse qui faut foire
    abtinence ,
Ecq chet l vray moyen devnir à penitence ,
Ils ons raison den sens , mais dites-leus de
    donners
Ojord'huy leus soupers ou edmain leus dî-
    ners ,
Os voyerés dens tous chouq y sons , si nennos
    en
Qui vouroit perdre sur s portion en qeu ed
    dent ,
Et nous qui passons nos journées à travail-
    lers ,
Avons-rous pour jeûners ebsoens de conseil-
    lers ,
Diu dit ly-même ecq nos ouvrage nos sanc-
    tifls ,
Qant os perdons patienche & qos lebsons
    pour ly ,
Y nos dites enqoir qui faut prier bien souvens,
Et eux inne diroites poeus en *Ave* sans
    argens ,
Y nos prechtus Lomonne & toutes sortes de
    boennes Oeuvres ,

Diable

[95]

Diable fot fi en d'eux baille en liar à ches
    Povres,
Y dites qui faut jeûner Qar Tans & Ca-
    rême,
Ebien qui qmenchtes à nos montrer le qmin
    eux-mêmes,
Qui qmenchtes, dije, à donner ojourd'huy ou
    bien dmain,
El mitant de leus biens, os les crèyrons tous
    Saints,
Os fuirons leus idées, os frons chouq y nos
    dites,
Enfin os croyrons qui poffedes tou. ches me-
    rites;
Mais fi y nel fons poens, os leus dirons tous
    net,
Ecq ches tretous des Gens qui nons ecq du
    caquet,
Ou bien os dirons d'eux comme os dit de bien
    d'autres,
Ecq loen de nen donner, y vouroites qoir l
    nôtre;
(1) Nos Curé nos diros, chos, chos, arêtés
    los,
Ouy jel diray, car jen fus poen de ches Gens
    los,

____

(1) *Le Curé reprend ici fa Morale pour finir
fon Sermon; il fè plaint à fès Paroiffiens de ce
qu'ils ne l'ont point excepté dans leurs Dif-
cours.*

Y

Y sen faut morbiu bien & os savés comme
    [illegible]
Ecq [illegible] a [illegible] langue qu'ou vous pout
    en vie,
Bien d[illegible] mile foites qem Cure raporte trois
    bonne mille livres,
Suge[illegible] en may ecq chal [illegible] pour vi-
    [illegible]
Et se [illegible] comme mis ecq ches Moines de
    [illegible]rbis
Non a [illegible] ches avenus & nous tous ches pro-
    [illegible],
Il est vray qui sons riches, & qu'ils ons bien
    c[illegible],
A depouffer par an [illegible]q'ny nen foire vivre
    chens;
Mais ma foy l'infefans, ific croites qoir
    hereux,
A caufé qui nos deux trois mille Couveus pus
    riches qeux,
Qoyq ches, ine faut poen ecq leus richeffes
    autorifé
A parler mal d'eux, ny à nen dire des foti-
    [illegible],
Car [illegible]vous dire du mos de ches Gens
    [illegible],
Ches commence à plaifir des gros pechers
    [illegible],
Et si en leus dilvites ches den vos Confef-
    tions,
Os a [illegible] morbiu poen den ca d'iufoiutions,
    Q4

Os pouvés dites tous r...s qos êtes ros fenti-
    mens,
Mais Emfefaus y faut les dirs c...
    mens,
Il est vray qej vos nay baill... es
    potés,
Mais chouq je vos av dir fa... des p... ...
    tés,
Os os vus bien des Gens fans ... iyre ...
    me des Saints,
Enne nons-ty yeux, iffons ms dens ches maois
    qmms,
Os perdrons pour exemple ech Roy de men
    Sermon,
Qant y mnoit ces Beudets il etoit boen gar-
    chon,
... oit l bon Diu, y fuivoit bien f Loi,
Mais il est vnus inpis après qui s'eft vus
    Roy,
Il os los planté Diu ainffi ecq fen Prho-
    fête,
Il os foes de fen pire, il os veurs affe têre,
Tous cheux qui vivoites bien etoites de ces
    enmis,
Cheux qui etoites comme ly etoites de ces
    amis,
Enfin y nos ceffé demner ene maoife vie,
Ecq qant Diu os yeu mis affe plache ech ptiot
    Davis,
Ylos comme l bon Diu foes, y nos leffes fur l
    tere

Foire du bien ou [illegible] vivre a nos main-

[illegible] oennes œuvres y nos tens bien-
[illegible]

[illegible] connoifes y nos attiers [illegible]heux,
[illegible] ene [illegible]de
[illegible]

[illegible] nous en [illegible] bles den Lin-
[illegible]

[illegible]nes-vous Emfctans qci vous ay bien foes
[illegible]rs
[illegible] eviter & tous chouq y fau[illegible]
[illegible]
[illegible] boen de chouq j'ay
[illegible]
[illegible] nos bun vo[illegible] den fin [illegible]radis.

F I N.